ぜえろく武士道覚書

斬りて候

―きりてそうろう―

上

『徳』ゆたかに満ち、優しさと労りの心あふれるこの美しい名刹へ、凛たる姿の貴公子がたびたび訪れ座禅を組まれます。すると熟した紅葉の陰より関白藤原道長様と光源氏の君が現われなされて……。

写真・文　編集部

凜たる容姿の貴公子と美しい母の二人がお住みなされます『紅葉屋敷』のひっそりした内庭は溜息が出るほど綺麗で、光源氏の君が紫式部様の手を引いて、たびたび散策なされるという噂がございます。もしや『紅葉屋敷』の貴公子とは光源氏の君なのではございませぬか？……。

光源氏の君は、いいえ『紅葉屋敷』にお住まいの貴公子はたびたび『謎の暗殺者』に襲われなさいます。それらを一撃のもとに斃しなされて屋敷の書院へ戻られた貴公子は大層悲し気でいらっしゃいます。すると必ず庭先に一羽の小鳥が舞い下り、紫式部様かと思われるような澄んだたおやかな歌声で慰めてくれるのでございます。

徳間文庫

ぜえろく武士道覚書

斬りて候 上

門田泰明

徳間書店

目次

第一章

一

寛文十年（一六七〇年）の秋深まった丑三つ時（午前二時ごろ）。

京・鴨川に架かった頑丈な石柱の橋五条大橋（天正十七年、一五八九年建造）は、満月の皓皓たる明りの中に、青白く浮かび上がっていた。

人の姿ひとりなく、野良の犬猫の影もない。橋の下を過ぎる流れは息をひそめ、ただゆらゆらと満月を映す濃い静けさ。

鴨川にはもう一つ、堅牢な石柱の橋があった。それが半里と行かぬ上流に架かった三条大橋。

石柱を巧みに用いたのは、激しい雨風のたび猛々しさを覗かせる鴨川の流れに耐えるため。

その鴨川の流れが、今宵ばかりは満月の明りの下、怯えたように大人しい。殊に秋深まった京都の夜気は寂しく、人影一つない五条大橋は尚のこともの哀し気だった。

夜気が、ひと吹きの風で小さく軋み、橋床にあった白い布きれが、降り注ぐ月光の中へひらひらと舞い上がった。

と、大橋の東側袂で枝を広げている木立の陰から、ゆるやかな動きで白い着流しの人の姿がふわりと現われた。秋の月夜を、まるで労るかのように見える優しい現われ方。

二本差しの侍だった。年の頃は、二十八、九か。

また、ひと吹きの夜風が五条大橋を渡って、侍の白い着流しの裾が乱れた。

治安よくないこの時刻と、現われた着流し侍とは似つかわしくなかった。

月下のその相は眉目整って、見るからに弱々しい。河原にひっそりと咲く、小花を想わせた。

ただ、両の手を懐にしまった背丈のある姿は、どことなく近付き難い印象を漂わせている。

大橋の中ほどまで、懐手のままゆらりと歩んだ白い着流しの足が、ふっと止まった。

橋の西側袂に待ち構えていたかのように姿を見せた、三ツ紋付の黒羽織を羽織った侍三人が、「見つけたあ」と叫ばんばかりの形相で橋上を突進してきたからである。三人とも既に左手指先を、刀の鯉口に触れている。

しかし、黒羽織の侍たちは白い着流しのかなり手前で、その勢いを自ら打ち砕いた。

三人のうち、先頭を切っていた四十前後の黒羽織が、白い着流しの三間ばかり（五、六メートルばかり）手前で、勢い余って前のめりとなる。

「ご、ご無礼仕りました。ご容赦ください」

四十前後の黒羽織が丁重に頭を下げ、彼に続いていた二十三、四と思われる若い二人も「あ」という表情をつくってから、深く腰を折った。三人とも髷は小銀杏で、それに三ツ紋付の黒羽織とくれば、これはもう町方同心であった。ただ、四十前後の黒羽織は上方言葉ではなかった。

「町方か?……」

と問いながら、白い着流し侍が三人との間を静かに詰めた。四十前後の黒羽織はここで顔を上げたが、二十三、四の若い二人はまだ腰を折っていた。

この白い着流し、一体、何者だと言うのであろうか。

満月が雲に遮られて、下界が暗くなったが、一瞬のことだった。

「はい。東の同心でございます」

と答えた四十前後の同心は、間近となった相手と目を合せた。はっきりと合せられるほどの、皓皓たる月明りである。

「名は？」

「常森源治郎と申します」

双方の会話は、それだけだった。白い着流しは、三人の脇をふわりと擦り抜けるようにして離れた。

「お気を付けなされませ。市中を騒がせております無差別な連続殺人はまだ解決致しておりませぬ。何卒お気を……」

常森源治郎と名乗った四十前後の同心が二、三歩後を追うようにして、遠慮がちに声を掛け頭を下げたが、離れて行く着流し侍の反応はなかった。

三人の同心の後ろ腰の帯には、赤房の十手が差し込まれていた。同心の十手はこの位置（懐差しの場合もある）だが、同心を指揮する立場の与力となると赤房十手（指揮十手）は腰の刀と並べて差す。

やや経って三人は我を取り戻したかのように、五条大橋を対岸へ渡った。

「あの御方はまるで女性だな。美し過ぎる」

常森同心が、重い口調で言った。

「私は今夜で三度目の出会いですが、本当に綺麗ですね。お大名の奥方にでも扮すれば、とてもじゃあないが男とは判りますまい」

小柄で小肥りな若い同心が低い声で言うと、もう一人の細身の若い同心が五条大橋の向こうを振り返りながら、矢張り小声で付け加えた。

「だが、背丈がある。お大名の奥方にはいささか不自然すぎる背丈ですよ。常森さんは、あの御方と今夜で何度目の出会いになるのですか」

「私は確か……五度目くらいかな。お見かけするたび、美しさに妖しさが加わっていくようで、薄気味が悪いわ」

「確かに薄ら寒いほどの妖しさがありますね」

細身の若い同心が小声で頷いた。

一昨年の寛文八年（一六六八年）七月、徳川幕府上方支配強化の一環として、京都所司代の一部権限を受け継ぐかたちで京都町奉行所（東及び西役所）が設置された。

同心常森源治郎ら三人はその東役所、いわゆる京都東町奉行所（奉行・宮崎若狭守重成）に勤番する事件取締方同心（のちの非常取締方同心）だった。

「三条大橋へ急ごう。得次らが気がかりだ」

「そうですね」

常森同心が促し、三人は**鴨川新堤**（石垣の堤、寛文期築造）を三条大橋に向かって足を早めた。得次とは、常森同心が使っている十手小者（目明し）である。房なしの十手を与えられているから、常森同心の表向きの手先として、むろん京都東町奉行所への出入りが許されている。

この夜、その十手小者の得次と子分の下っ引四、五人が、三条大橋近くに手配りされていた。

「京都町奉行所ができて二年が過ぎるのを待っていたかのように起きやがった連続殺人だ。何が何でも下手人の野郎を突き止め、引っ捕えてやる」

常森源治郎は小走りとなりながら、吐き捨てるように呟いた。

「いま、野郎、と申されましたが、常森さんは下手人を男と決めつけておられるのですか」

常森同心の左側で肩を並べて走る細身の若い同心が、乱れた息の下で言った。

「阿呆んだらが。今回の事件の酷さは、下手人が男であろうと女であろうと、野郎扱いじゃ。絶対に容赦するなよ」

常森同心は語気を荒らげ、小さくむせた。

「は、はい」

月明り降り注ぐ下を休まず小走りに急ぐ三人の前方に、三条大橋が見え出した。

無差別な連続殺人の最初の〝殺し〟は、京都町奉行所が設置されて丁度二年が過ぎた寛文十年（一六七〇年）九月、矢張り今宵のような満月の夜、三条大橋の袂に於いてであった。

この時の犠牲者は、京都の裏社会で名の知れた香具師の元締錦小路の宗右衛門と三人の若い手下だった。女遊びの帰りに惨殺されたもので、四人とも三条大橋のちょうど中程で左胸を前から背へひと突きに貫かれた上、両の耳を斬り落とされ絶命していた。女遊びの帰り、と判明したのは常森源治郎らの懸命な聞き込みによってである。

以来、今日までの間に九件もの殺人事件が深夜に於いて続発し、うち五件が五条大橋とその近辺、三件が三条大橋の上、一件が四条河原假橋（のちの四条大橋）の東側袂だった。殺し方も、錦小路の宗右衛門を殺った手口と似ている。

常森源治郎と二人の若い同心は、三条大橋の中ほどに立って、月明り降る界隈を見回した。

と、大橋の西側袂に町人態の五、六人の男が姿を見せ、常森同心らに軽く腰を折ってから小走りにやって来た。一人は房なしの十手を手にしている。

十手小者（目明し）の得次だった。

「変わりないか」

常森同心に問われ、房なし十手を手にした三十過ぎに見える目つきの鋭い得次が、「へい。静かなもんで御座います」と小声で答えた。常森同心と同様この男も、上方言葉ではなかった。

「今夜は、このまま穏やかに済んでくれればよいが」

「少し前、岸野長行さんほか御二人と出会いましたが、これより鴨川に沿って西石垣方面を見て回ると申されておりました」

岸野長行は、常森と同い年の事件取締方筆頭同心である。

「西石垣方面か……すまぬが得次、急ぎ岸野さんらを追って、付き添うてあげてくれ」

「承知致しやした。それじゃあ御免くださいまし」

「何か異変があれば、先ず呼び子を吹き鳴らすのだ。皆が同時一斉に吹き鳴らせ。よいな」

「へい」

得次を先頭に、一見ごろつき風の男たちは走り去った。

無差別な連続斬殺(ざんさつ)事件の最後の犠牲者は、一昨日に生じていた。

それだけに厳戒態勢の、今夜であった。東町奉行所与力二十騎、同心四十六名、事務方少数を残しての殆(ほとん)ど総動員である。

与力は同心と違って、〝騎〟単位で数える。

「常森さん、我々は祇園(ぎおん)方面を見回ってみませんか」

「うん、そうするか」

常森源治郎と若い同心二人は、三条大橋の東側袂へ向けて踵(きびす)を返した。

土手らしい土手がなく平坦(へいたん)な河原が広がっていた鴨川に、寛文元年（一六六一年）

あたりから石垣の堤（鴨川新堤、寛文新堤ともいう）が築かれ出してから、その堤の外側一帯（河原）に家並が急激に増え始めていた。京都人は堤の東側に発展した四条から五条にかけての家並を東石垣、西側の家並を西石垣と呼んでいる。

常森同心ら三人は、三条大橋を渡って右に折れ、寺院が目立つ家並通りへ足を入れた。

若衆役者、色茶屋の女、浪人、陰間茶屋の色男、京都所司代事務方同心、有力商家の大番頭、御所付火消番与力、と事件の犠牲者の職業・身分は特定していない。まさしく無差別だった。共通しているのは〝夜または深夜〟ということであったが必ずしも〝夜遊び〟の果てとは限らず、商取引や公務多忙で夜遅くなってという場合も見られた。

常森同心らの前方で、道が左右斜め二手、扇状に分かれた。いや、よく見ると三方に、であった。斜めに二分かれした通りと通りの間にもう一本、人の肩幅ほどの狭い路地がある。

「お前たちは左右に分かれて行け。私は真ん中の路地を抜けてみる」

「承知しました」と足早に離れて行こうとする若い二人の背を、常森同心の囁き声が追った。

「不審な輩を見かけても、迂闊に声を掛けるなよ。幸いなことに今夜は満月で真昼みてえだ。用心深くしっかりと、人相風体を見届けろ」

二人の若い同心は振り向かずに「はい」と小声で頷き、少し先で右と左に分かれた。

常森源治郎は、真ん中の狭い路地に踏み入った。

「ようやく、江戸へ戻れる日が見え出したというのに、ええ事件が次々に起きやがって」

常森同心は呟いて、舌を打ち鳴らした。長く会っていない妻と子の顔が、脳裏に浮かんだ。胸が少し疼いた。

「もっとも京都も存外に面白くて、俺の性分に合っちゃあいるが……」

ひとり小声を漏らしながら、常森同心はゆっくりとした足取で路地の奥に向かって進んだ。

実は彼、江戸では「北町奉行所に**検視の源治**あり」で知られた、切れ者同心であった。その事件取調べの冴えは、奉行所支配方である老中の耳にまで届いていて、寛文八年（一六六八年）七月に京都町奉行所が新設されるや、「事件取調べ**教育方同心**」の身分で出向を命ぜられたのである。

その身分が示しているように、新設京都町奉行所の事件取締方同心たちを実戦的に鍛え上げることを目的としていた。

期間は三年。転勤転役のないことが原則の町同心が妻子を江戸に残しての、異例の単身赴任だった。一応、京都東町奉行宮崎若狭守重成の直属配下として筆頭同心並（筆頭同心格）に位置付けられていたが、むろん西町奉行所へも積極的に〝教育的関与〟をする立場ではあった。

給金（給米）は、江戸に残した妻子へも従来通り支給される、異例の配慮がなされている。

常森源治郎に、心おきなく任務に没頭して貰うためだ。

彼は耳を澄ませて歩いた。

路地の左右に背を向けるかたちで建ち並ぶ家並は、右手左手のところどころが歯が抜けたようになって空地を見せていた。

河原石が目立つその空地の向こうに、若い同心が行く通りが見え隠れしている。

路地の先へ進むにしたがって、若い同心が行くその通りは次第に遠ざかり、彼等の姿は小さくなった。

路地が、手入れの行き届いた表通りにぶつかって、〝検視の源治〟は月明りの届き難い暗い路地から、皓皓たる青白い光の下に立った。

左手向こうに、知恩院（浄土宗総本山）の森が青黒く見えている。

「なんだか……いやな夜だ。月が綺麗過ぎるわい」

常森同心は夜空を仰いで、漏らした。顰めた眉の下で、満月を映した二つの目が険しかった。この二つの目でこれまでに、数多くの異常な死体を検てきた。

常々彼は、「死体が病死か自害か事件死かを見抜くのが**検視**であり、特に薬師（医者）の知恵を借りるなりして死因を出来る限り正しく判断し死亡日時などの見当をつけるのが**検死**である」と言っている。

若い同心二人が、常森のそばへ足早にやってきた。

「とくに変わったことはありませんでした」

「私の方も同様です。ですが犬猫一匹見当たらず、何だか不気味な夜です」

「われわれ町方が、未だ連続する凶悪事件を解決できないのだ。夜の町が不気味一色に塗り潰されても仕方あるめえ」

「はあ」

「行くか」

通りの向こうを顎の先でしゃくった常森同心の脳裏に、このとき何故かあの白い着流し侍の顔が浮かんで消えた。

三人は、肩を並べて通りを横切った。夜が息を殺しているかのような、重い静寂だった。

ここから先、つまり南側一帯に向かってはこの一、二年、〝**外六町開発**〟と称されるものが進んで、芝居小屋、水茶屋、旅籠、蛍茶屋（夜の客専門）、小料理屋などが建ち並び出していた。いわゆる**歓楽街祇園のはじまり**だった。

外六町開発の外六町とは、弁財天町、常盤町、中之町、廿一軒町、川端町（以上現四条大橋の東、北側）及び宮川筋一丁目（現四条大橋の東、南側）を指している。

無差別な連続殺人で、ひとりの人影も無くすっかり冷え切っている色町へ、三人の同心は入って行った。いや、正確には、入って行こうとしたと形容し直すべきだった。

三人の足が、申し合せたように止まったのだ。ハッとした止まり方だった。

「おい。聞こえたな」と常森源治郎。

「はい。呼び子です」

「假橋の向こうのようでした」

三人の同心は身を翻し、四条通を四条河原假橋に向け脱兎のごとく駈け出した。

走りながら常森同心は、「まずい……」と思った。呼び子が聞こえたと思ったのは、一度だけであった。それも極めて短かった。

不吉な光景が、彼の脳裏で点滅する。

三人は、足場のあまりよくない假橋を、飛ぶようにして走り渡った。

二

三人の同心は、声も無く棒立ちとなった。

鴨川を越えて直ぐの、南北に流れる大きくはない流れ（高瀬川。慶長十七、八年・一六

一二、三年ごろ完成）を渡ると、数十間ばかり先に土手（御土居。天正十九年ごろ豊臣秀吉が築造）が南北に横たわっており、その可なり手前（東側）に幾つかの黒いものが、ばらついて転がっていた。

真昼のような月明りの下、それらは明らかに人であると判別できた。

「得次っ」

やや経って常森同心は絞り出すようにして声を発したが、動かなかった。棒立ちのままだった。眦は吊り上がっていた。

その場に彼を残して、二人の若い同心は小走りに離れていった。

「こ、これはひどい……」

「やりやがった……」

無残な現場に着いて見回した、若い同心二人は思わず顔をそむけた。

地面に転がっていた五つ六つは矢張り人――死体としか見えぬものであった。

ぴくりとも動く様がなく、いずれもまだ左胸から鮮血を噴き出しており、両の耳が斬り落とされている。

「見ろ兵介。岸野さん程の人が刀の柄に手を掛けてはいるが、一寸さえも抜いていないぞ」

「東町奉行所の岸野長行さんと言えば田宮流居合術の達人として、われわれ若手同心の憧れだったのに……な、なんてことだ」

そう言いながら、兵介と呼ばれた小柄で小肥りな若い同心は、黒羽織を着て仰向けに目を見開いている居合術の達人の右脇に、がっくりと膝(ひざ)を崩して首筋に手を触れた。念のためだったが、達人は矢張り絶命していた。

亡骸(なきがら)の左脇に血溜りが広がっていく。

兵介は震える右手で己れの右膝頭を痛いほど摑(つか)み、左手で岸野長行の見開いている瞼(まぶた)を閉じてやった。

この若い同心の姓を、藤浦(ふじうら)と言った。体力衰えた老父の後を継ぐかたちで新規に召し抱えられて、ようやく二年目になった、まだ尻の青い三十俵二人扶持(ぶち)・御抱席(御家人最下級身分)である。

藤浦兵介のような御抱席同心は跡目相続の権利が認められていない一代限りの立場であったが、しかし〝新規召し抱え〟のかたちで事実上の相続が可能とされていた。

「得次はどうした得次は……」

ようやく残酷な現場へやって来た常森源治郎が、転がっている人間の首筋に掌を触れていきながら、十手小者（目明し）の得次を探した。それは藤浦兵介ら若い同心が、はじめて目にする〝検視の源治〟の狼狽えようだった。

無理もなかった。得次は、常森同心が京都へ赴任すると決まったとき、自ら同行することを買って出た常森腹心の手先である。江戸の十手小者たちの間では、〝鉤縄の得〟の異名で知られた大変な腕っこきで、縄の先に鉤が付いている捕縄の使い手だった。立てた手柄も少なくない。

江戸神田紺屋町には、金山神社そばで一膳飯屋をやっている恋女房と三歳の女の子を残している。それだけに、得次の京都生活に、日頃からあれこれと責任を感じている常森同心だった。

「直政。土手の上にあがって、辺りを注意深く見てくれ。今夜は、遠くまでよく見える筈だ」

「判りました」

「怪しい野郎を見かけたら、手を振って知らせろ。声は出すなよ」

「はい」

直政と呼ばれた細身の若い同心は、土手（御土居）に向かって駆け出した。彼もまた、同輩の藤浦兵介と似たり寄ったりの出で、姓を横倉と言った。

常森同心は大きく息を吸い込むと、口元を引き締めて藤浦兵介の隣にしゃがんだ。

兵介が震え声を出した。

「検てください。心の臓の真上を、狙ったように正確にひと突きです」

「うむ」

常森同心は、それには答えず、亡骸の腰帯を少し緩め、手に血が付かぬよう気配りながら胸元を広げた。

「岸野さんのこの倒れようから見て、正面から突かれたと思われますが」

どくどくと左胸から血が溢れ出ている酷さに、若い藤浦兵介は表情を歪めて視線をそらせた。

次に常森同心は、「我慢してくれ岸野さん」と呟きながら、亡骸をそっとひっくり返し、俯せにした。

まるで常森同心の検視を手伝うかのように、月明りがこのとき一層強くなった。薄い霞雲が流れ去っただけのことなのであろうが、常森同心にとっては好都合だった。

彼は亡骸の背に、顔を近付けた。岸野長行が着ている黒羽織の背中が一か所、一寸ばかり突き裂かれ、そこから漏れるようにして血が流れ出ていた。勢いは、左胸からの出血ほどでもない。

「兵介よ。岸野さんの背傷を先ず自分の目で確かめてみろ」

「承知しました」

「そのあと皆の傷もだ」

常森同心は腰を上げると、猫の額ほどの竹林に沿うかたちで御土居（単に土居とも言う）を駈け上がっていく横倉直政の後ろ姿を目を細めて眺めた。

常森の足元で、藤浦兵介が死者となった岸野長行の着ているものを腰まで下げていく。

御土居の上に、横倉直政が立った。

豊臣秀吉が天正十九年（一五九一年）ごろに手がけた、この**御土居**（上京区の北野天満宮、廬山寺などに一部現存）。その築造目的がもうひとつ、はっきりとしていなかった。京都を延々と取り囲んではいたが、外敵防禦用としての説明はつき難い。天正十九年ごろの秀吉と言えばすでに全国統一を終え、彼に逆らえる大名などは一人もいなかった。また水害防禦用としても、全く理にかなっていない。

つまる所「太閤殿下の気まぐれ工事」と言われているこの御土居、京都の発展拡大の支障となって、今（一六七〇年秋）では其処彼処が虫食い状態に崩されている。

「やはり前方から背中へと、刺し貫かれていますね」

藤浦兵介の声に常森源治郎は、御土居へ向けていた視線を足元に落として、また腰を下ろした。

「背中の傷口は、左胸の傷口に比べかなり小さいです。つまり凶器は胸から背中へ走ったと考えられます。また背中の傷口よりも左胸の傷口の位置が高いので、凶器は上方から下方へ走ったと判断できそうです」

「つまり、これ迄に起こった九件の事件の犠牲者と、凶器の走り方が同じだな」

「はい。犯人は背丈があるか、もしくは凶器を持ち上げるようにして下方へ突き刺したかですね」

「いや、犯人は背丈があると考えた方が、自然だな。凶器を持ち上げるようにして構えたりすれば、田宮流居合術の使い手である岸野さんなら、こうは易々と殺られはすまい」

「はあ」

「ともかく殺られた皆の傷を検終えたら、奉行所へ運ぶ手筈を整えてくれ。菓子屋を叩き起こして、大八車と人手を借りるなりするんだ」

すぐ其処、通りの左右に二軒の菓子屋（現、四条河原町の阪急百貨店あたり）があった。

「そうします」

常森源治郎は立ち上がって、御土居の方を見た。

その表情が変わった。若い横倉同心が右手を大きく左右に振っている。

常森は、亡き岸野長行の着衣を整えている藤浦兵介に、「頼んだぞ」と言い残して駈け出した。またしても常森の脳裏には、背丈のあるあの白い着流し侍の顔が、浮かんでいた。気高いばかりに妖しく美しいその侍の顔が、常森にとって初めて恐怖を感じる対象となっていた。

御土居の上に駈け上がった彼に、「見てください」と横倉同心が、御土居西側の左手方向を指差して見せた。さほど離れていないその方角には、大雲院（現、東山区祇園へ移転）の広大な境内の森（現、四条河原町の高島屋百貨店あたり一帯）があって、その境内を背にするかたちで、京では名の知れた茶の湯道具師の住居などが四条通に面し建ち並んでいた。

「得次だ」

叫ぶなり常森同心は土手を駈け下り、横倉もその後に従った。

茶の湯道具師の住居の前あたりで、人と判るものが倒れ苦し気に頭を振っている。

二人は四条通に出て走った。常森源治郎は用心のため左手を刀に掛け、すでに鯉口を切っていた。だが、剣術とか取っ組み合いにはほとんど自信のない彼であった。それでもこれまで、事件に恐れをなして引き退がったことなど、一度としてない。

「得次、しっかりせい」

矢張り〝鉤縄の得〟であった。

常森同心は彼に飛びつくようにして、その上体を抱き起こした。鳩尾と右肩から、夥しい出血であった。二、三間先に房なし十手が転がっているところから見て、凶者との間にかなりの攻防があったのだろう。

「しっかりせい得次。傷は浅い。目をあけてくれ」

常森同心の張り上げる大声が辺りに響き渡った。

得次が、薄目をあけた。

「おう得次、気が付いたか。安心せい、常森源治郎だ」

「だ、旦那……申し……申し訳ねえ」

「やった奴の人相風体を教えてくれ。必ず仇を取ってやるぞ」

「背丈……五尺……八寸ほど……白い……白い……」

得次の言葉はそこで切れ、また瞼が閉じられた。

常森同心の脳裏に、妖美な白い着流し侍の顔が再び甦った。

(あの御方が下手人だというのか……)と、彼は下唇を強く嚙んだ。

「駄目なんですか」

横倉同心が、得次の口元へ耳を近付けようとした。

「まだ息はある。だが、このままじゃあ、どうしょうもねえ。糞ったれめが」

得次の上体を抱きしめて放さぬ常森源治郎の歯が、ギリギリと鳴った。目つきは、今にも泣き出しそうだ。

このとき彼の背後で茶の湯道具師の住居の表戸が、小音を立て開かれた。時刻が時刻だけに、恐る恐るな開け方だった。

常森同心は、振り向いた。五十半ばくらいかと見える其の家の主人らしいのと、常森同心との視線が出合った。

「こ、これは御役人様。どうなされました」

「見回りの小者が深手を負った。すまねえが、ぼろ布裂でいいから、ありったけ貸してくれねえか」

「それは大変。少し御待ちくだされ」

そう言い残した其の家の主人らしいのは、「先生……先生……」と慌てて家の中へ引っ込んだ。

〝先生〟とやらが家の中に居るらしい。

先ず家の中から、茶の湯道具師の弟子か小間使いと判る小僧たち四、五人が飛び出してきて、月明りの四条通はたちまち緊迫した。

次に白髪を惣髪撫付にした人の善さそうな顔立ちの老人が現われ、「医者の順庵じゃ。ちょいと、どきなされ」と常森と並んで腰を下げた。

順庵と聞いた常森は、抱えていた〝鉤縄の得〟の上体を地面に戻して、己れの位置を横へずらせた。その表情が、救いの神を見つけたかのような一抹の安堵を見せた。

医者の順庵と言えば、阿蘭陀医者として京都ではよく名が通っている。とりわけ凶賊を相手にいつ負傷するか知れぬ町方にとっては、忘れてはならぬ順庵の外科療法だった。その診立て所（医院）の屋敷が、この程近くに在ることも常森は承知している。もっとも、この時代の蘭医の力量は、まだまだ蕾だ。

「これはひどいわ。此処では手に負えぬ。おい誰か、戸板を持っておいで。私の屋敷へ運ぶのじゃ。早く」

茶の湯道具師の小僧の一人が「はい」と、表戸を外しにかかった。

順庵がべつの小僧から差し出された、ぼろ布裂で、得次の傷口を手早く覆ったり縛ったりした。

小僧たちがその得次を、順庵の指示で戸板の上に横たえた。

三

田宮流居合術の達人岸野長行ほかの亡骸は大八車と戸板で、総坪数五三二七坪の京都東町奉行所（現、中京区西ノ京職司町あたり）の内に在る剣術道場へ運び込まれた。

「いつものように用心深く慎重に遺体の傷の調べをな」

「判りました」

若手同心藤浦兵介に命じ終えた常森源治郎は、東町奉行直属配下としての務めを果たすべく、奉行宮崎若狭守重成の居室に向かって、長い廊下を踏み鳴らした。

与力同心に不眠の日が続いているのであるから、このところ奉行も眠ってはいない。

「事件報告のためなら、朝昼夜を問わずいつ何時私の部屋を訪ねてきてもよい」

与力同心に対し、そう指示を飛ばしている宮崎重成であった。

「常森源治郎でございます。急ぎ御報告申し上げたきことが生じました」

障子の向こうで行灯の明りが少し揺れている奉行の居室の前で、常森同心は片膝をついた。打てば響くように、野太い声が返ってきた。

「お、常森か。入りなさい」

「失礼致します」

常森は静かに障子を開けて、奉行の書院に入った。

奉行は書類が高く積まれた文机の前に、正座をしていた。その奉行の表情が、目の前に座った常森を見て険しくなった。

「顔が強張っておるな常森。よくない報告か」

「は……あの……申し訳ございませぬ……またしても、新たな犠牲者を出してしまいました」

「誰だ。誰が殺られた。陰間役者か、蛍茶屋の色女（娼婦）か」

「いえ。それが……岸野長行殿と……」

「な、なにっ、岸野だと」

二本の大型行灯の明りのもと、奉行宮崎重成の顔から、たちまち血の気が失せていった。

その行灯の炎二つが、悲し気に大きくひと揺れする。

常森は、やや早口となって、残酷な事態について辛そうに報告した。

「あの岸野ほどの手練れが……」

聞き終え、茫然たる様子に陥る奉行宮崎であった。田宮流居合術の岸野、と言えばそれ程の腕前だった。京では、同心岸野としてよりも、剣客として知られていた。

「亡骸は剣術道場に運び込みまして、いま藤浦に岸野殿ほかが受けた傷の形状を例の方法にて調べさせております」

「うむ」

暗く頷いたあと、奉行は立ち上がった。

二人は肩を並べ――とは言っても常森はやや退がっていたが――長い廊下を剣術道場へ足を向けた。

「それにしても順庵先生が茶の湯道具師宅にいたというのは、不幸中の幸いであったな常森」

沈んだ奉行の口調だった。

「まこと不幸中の幸いで御座いました。もう十年近くになる将棋仲間とかで、招かれたり招いたりして酒を肴（さかな）に夜通し指し合うのだそうで……」

「酒を浴びて、先生の正体の方は大丈夫だったのであろうな」

「はい。しゃんと致しておられました。ですが救えるかどうかは判らぬ深手だ、と」

「う、うむ。江戸で一、二と言われている目明し得次を、京で失えばこの東町奉行所の名誉にもかかわってくる。治療費の心配は要（い）らぬゆえ、存分に診て貰ってくれ」

「有難う御座います。横倉直政を順庵先生に張り付けましたので、明け方までには何らかの報告が入るのではないか、と……」

「そうか……良き報告が入ってほしいのう」

「ところで御奉行」

「あの御方のことか」

「はじめて言葉を交わしました」

「町方か、と問われ、東の同心と答えたのであったな」

「名も問われました。あの御方は何故、こうも夜歩きが多いのでしょうか。しかも事件の生じた夜は必ずと言ってよいほどに」

「迂闊なことを言うでない。立場をわきまえよ」

「御奉行に付き従って、なんとかお目に掛かることは出来ませぬか」

「お目に掛かって、どうしたい」

「ひと言ふた言、雑談程度のことが出来ればと」

「雑談のう……確かに刑事に働く者は、これはと思う相手と肩力ませず雑談することも大事じゃ。考えておこう」

「御願い致しまする」

「とは申せ、あの御方に対し無作法があってはならぬ。どう雑談すべきか、ようく考えておくように」

「は」

二人は剣術道場の入口で足を止めた。巡回に出ていた三、四人の同心が戻っていて、怒りと悲しみを堪(こら)えた、くしゃくしゃの表情で藤浦兵介の作業を手伝っていた。誰も道場入口に佇(たたず)んでいる奉行宮崎重成と常森源治郎に気付かない。

道場の壁の何本もの掛燭台(かけしょくだい)の炎が、僅(わず)かに揺れている。いや、ひと揺れもせず、真っ直ぐな明りを立ち上らせているものもある。

奉行と常森は身じろぎもせず、同心たちの黙々たる作業を見守った。

広々とした道場の床に、間を空けて並べられた何体かの亡骸はどれも、上半身が裸にされていた。

「家族への連絡は？」

奉行が、沈んだ小声で常森に訊ねた。

「作業が終ってからと、考えております。作業に、そう手間は要しませぬゆえ」

「なるべく早く知らせてやってくれ」

「そのつもりです」

二人の小声の遣り取りは、そこで終った。

同心たちは遺体のそばで、鍋に入れた蠟をトロ火で煮て溶かしていた。そして、作業は核心部分に入った。

藤浦兵介が水のように溶けた蠟を柄杓で掬い、岸野長行の遺体のそばに片膝ついて、それを静かに傾けた。まばたき一つ無い真剣な表情だった。眉間には、深い皺を刻んでいる。

藤浦の脇に控える別の若い同心が、長さ一尺（約三〇センチ）ほどの細い竹串を手にしていた。

串の先端は、釣針状に細工されている。

与力同心が、凶賊などと遣り合って斬られたり刺されたりして絶命した場合、損傷を受けた部位の筋肉など人体組織に収縮現象が生じ、創傷口及びその下部は哆開（開く）する。

この哆開した創傷口へ溶けた蠟を流し込み、固まったそれを引き抜いて凶器の形状を類推する方法を考え出したのは、常森源治郎であった。

遺体組織が溶けた蠟の熱で損傷を受ける恐れは殆どないことも、彼はこれまでの経験から把握しきっている。

遺体の創傷口に流し込まれた蠟は、思いのほか早く冷えて硬化するのだった。

そうした教育を常森から受けてきた藤浦兵介が、岸野長行の遺体の創傷口に、蠟をそっと流し込んだ。

脇に控えていた別の同心が、直ぐさま竹串を創傷口つまり溶けた蠟の中へ挿入し、そのまま手で把持して蠟が白色化（硬化）し始めるのを待った。

見守る奉行が呟いて腕組をした。

「固まって引き抜かれた蠟が、使われた凶器そのものと一致すれば、よいのだがのう」

「残念ながら今のところ、類推する手段でしかありません。ですが過去の事件資料などと木目細かく突き合わせることにより〝この蠟形ならたぶんこの凶器〟と言い切ることが出来る段階まできております」

「うむ」と奉行は、深々と頷いて見せた。

二人目、三人目の亡骸の創傷口へ順次蠟が流し込まれていき、最初に流し込まれた岸野長行の創傷口から竹串に固着した蠟が、用心深く引き抜かれた。

この時になって、奉行と常森源治郎は道場へ入っていった。

「そのまま……」

奉行と気付いて威儀を正そうとする同心たちに、宮崎重成は軽く手を上げた。

配下の信頼が厚い、威張らぬ彼であった。権威とか権力といったものが奉行実務遂行の上で時に非常に重要と理解しつつも、刑事に働く与力同心の実践能力の研鑽こそが第一と考えている宮崎であった。次の席はおそらく、「大江戸の町奉行であろう」と配下の評価は高い（延宝元年・一六七三年、江戸の南町奉行に昇進）。

「いかがですか」

蠟が固着した竹串を手にした若い同心が、それを常森に差し出した。

常森は受け取って、奉行の目の前で鋭い目つきで眺めた。

「どうじゃ？」と奉行。

「同じです。これ迄に殺られた九名の蠟形と、違いがありません」

「見誤りはないか」

「大丈夫です。間違いありません。刀ではない凶器であることは確かなものの、この身幅の狭さ細さは、ちょいと見当がつきませぬが」

「槍とか料理庖丁といったことは、考えられないのだな」

「すでに申し上げて御座いますように、こいつあどう見ても槍や庖丁を想像させる形状ではありませぬ」

常森は竹串を、丁重に奉行に手渡した。

「確かに刀より細身で、また槍や庖丁でもなさそうだな」

「のちほど保管してあります九本の蠟形と突き合わせてみますが、寸分違いませぬでしょう」

「全ての蠟形が同一であっても、下手人は一人とは断定できぬな」

「はい。同じ凶器を手にする下手人が、二人かも知れませぬし三人かも知れませぬ」

「苦労を掛けるが一層、探索に励んでくれ」

「もとより……」

「亡くなった者の家族を此処へ呼んだ時は再度、私に声を掛けてくれぬか。奉行として無念の言葉を述べてやりたいし、これからの生活についても出来るだけのこと触れてやりたい」

「御願い申し上げます」

　奉行宮崎重成は竹串を常森源治郎の手に返すと、小さな息を吐いて天井を仰いでから道場を出ていった。

四

朝の日が昇る前に常森はひとり、岸野長行らが殺された現場へ足を運んだ。

弔いの手配りなどで忙しくしていた藤浦兵介にはむろん、行き先についてひと声掛けてある。いつ襲い掛かってくるか知れない凶悪な何者かが野放しだけに、刑事に働く与力同心ではあっても、行き先をはっきりさせておかねばならなかった。

医者の順庵に張り付かせてある横倉直政からは、得次のその後について、まだ報告はない。

常森源治郎は、殺しの現場に佇んで、朝早き空を見上げた。

朝の日は、東の空を白銀色に染めはじめていた。常森の頭上でも青みがかった空が、夜の名残ある濃い灰色の空を星と共に、西へ追いやりつつあった。

彼は、見上げていた視線を地面に落とした。

其処彼処の地面が、殺られた者の血を吸って赤黒かった。人の通りはまだ無く、したがって現場はまだ〝その時〟のままだった。続発する無差別な殺しによって、恐れおののく京の町は夜は早くに人気が跡絶え、朝も町が動き出すのは遅くなっている。

常森は、地面に目を這わせた。検視の源治、の目であった。

月明りでは見えなかったものが、早朝の明りのもと見えていた。二、三日前に時雨が降ったことで地面はまだ柔らかく、したがって鮮明な足跡が、そこいらにちらばって残っていた。

「こいつあ……」

現場を荒さぬよう、ひと通り注意深く見て回った末、検視の源治は、ある足跡の前にしゃがみ込んだ。ちらばった足跡の中で、殺られた者の足跡がどれであるかの特徴は、彼には摑めている。その摑めている足跡とは際立って異なるものが、二た通りあった。京都東町奉行所の与力同心が履く雪駄、その配下の目明しや下っ引きが履く草履。それらとは異なる二た通りの足跡だった。

その一方の足跡には、くっきりと三本の凸線が縦に走っていた。雪駄の裏張りである皮に、二本の溝があるということだろうか。それが裏張り細工のために必要な溝なのか、単なる模様なのかは判らない。だが溝刻りがある以上、かなり厚い裏皮が張られた上物の雪駄であると、常森は想像した。そして、その足跡は、茶の湯道具師の住居の方角から現われて、岸野長行の遺体があった手前を、山内氏、京極氏、前田氏、毛利氏といった武家屋敷が目立つ北の方角へと続いていた。

その痕跡から、常森は落ち着いた静けさ重さを感じた。

彼の脳裏にまたもや、あの御方の妖美な顔が浮かんで消えた。

もう一方の足跡には丸い小さな隆起が縦に六つあって、常森には矢張り雪駄と判り、これは全ての亡骸に関わるかのような慌ただしい動きを見せていた。いや、むしろ身軽な躍動感といったものを常森は感じた。

(下手人は、この特徴ある足跡の二人か。それとも、いずれか一方の足跡か……あるいは両方とも無関係か)

常森は振り返った。身軽な躍動感を窺わせる足跡は、お土居から下りてきて四条通を茶の湯道具師の住居の方角へと去っていた。

其のあたりでは、大江戸で知られた辣腕目明し〝鉤縄の得〟が、瀕死の重傷を負わされている。

「くっそう……」

常森源治郎は、歯を噛み鳴らした。口惜しかった。彼も得次も大江戸の〃暗黒街〃では、一目も二目も置かれてきた人間である。そう自認していたし、そのことによる誇りもあった。

その自負と誇りを、まるで嘲笑うかのような残忍な連続事件だった。

このとき、常森は向こうから走ってくる者に気付いた。

医師順庵に張り付けてあった、横倉直政であった。

次第に近付いてくる直政の表情が明るくないと読み取れて、（駄目だったか……）と常森は肩を落とした。

直政が息を乱して常森の前に立った。

「奉行所へ御報告に戻ったのですが兵介（藤浦兵介）から、現場へ行かれた、と聞きましたもので」

「で、どうだった得次は」

「なんとか一命はとり止めましたが、出血がひどかったので死よりも深刻な状態が待ち受けているかも知れぬ、と……」

「順庵先生が、そのように言われたのか」

「はい。上へも先生の言葉通り報告いたしておきました」

「そうか……」と、常森はうなだれた。順庵が何を言わんとしたか、検視の源治には理解できていた。死よりも深刻な状態、の例は創設されて日が浅い京都町奉行所ではまだ生じていなかったが、江戸の南・北奉行所では過去に三例があって、常森はその事実をよく知っていた。

凶悪な下手人相手に刀ではなく十手で渡り合った与力や同心が、斬られて出血多量となり、危うく一命はとり止めたものの長い昏睡状態に陥って頭（脳）の機能を損ない寝たきりとなってしまったのである。

「すまぬが、お前は今日一日、得次のそばに付いて居てやってくれねえか」

「そのつもりです」

「夜までには私も順庵先生を訪ねる。礼も言わねばならねえしな」

「状況が状況ですゆえ、常森さんの今日の動きの予定を、大体でいいから聞かせてくださいませんか」

「今日の私の動きの中で最も重要なのは、御奉行と午の刻（正午）過ぎに出掛けることだ。それだけを心得ておいてくれればいい」

「あの……差し支えなければ、その御出掛け先というのを……」

「あの御方の御屋敷へだ」

「矢張りそうでしたか……」

「御奉行と私しか知らぬことだから、他言してはならぬ」

「決して」

「では得次を頼む」

「はい」

直政は一礼すると、常森に背を向けて走り出した。

その後ろ姿が次第に遠ざかるのを見送りながら、（藤浦兵介も横倉直政も伸びる。二人とも、いい感性を持っていやがる……）と常森は思った。

彼の視線が、地面へ戻った。あの御方の屋敷を訪ねるまでに、この〝現場〟から見つけられるだけのものを見つけたい、と思っている常森だった。その数が多ければ多いほど、あの御方と交わす話の濃さが増す、と考えている。

「お……」

常森の足が、血を吸って赤黒くなっている地面のそばで、止まった。

彼は地面に顔を近付けるようにして、腰を低くした。目にとまったのは、一文銭（寛永通宝、寛永十三年・一六三六年初発行）ほどの大きさの、丸く白い固まりだった。

そのまわりに、僅かだが白い粉も散っている。

常森は胸元に手を入れて懐紙を取り出し、その一文銭大の白い固まりを指先でそっと抓(つま)んで、先ず鼻先へ持っていった。

ひと嗅(か)ぎふた嗅ぎすると強くもなく弱くもない、いい香りがした。うっすらとした甘さを含んで鼻の奥に優しい。

「白粉(おしろい)か……」

常森は懐紙にそれを包んで、袂(たもと)に入れた。江戸に残してきた妻の八重(やえ)が使っていた白粉よりも、はるかにいい香りであるような気がした。

常森は、瀕死の重傷を負った得次が昏睡間際に呻(うめ)き残した「背丈……五尺……八寸ほど……白い……白い……」という言葉を、思い起こしながら腰を上げた。

朝の日が東の空に上がって、彼に当たり出していた。

常森は腕組をして、俯(うつむ)き加減に考え込んだ。背丈五尺八寸（約一七五、六センチ）

と言えば、あの御方におおよそ合う。「白い……」という言葉も、あの御方の女性のように色白な美しさを指しているともとれる。

「そして白粉……」と常森は呟いた。得次の「白い……」は、白粉を言っているとは思われなかった。得次がやられた場所は、ここから西に向かって可なり離れている。

常森は改めて、足元の赤黒い地面を眺めた。ここに下っ引きの死体が転がっていたのを、忘れる筈もない常森だった。

やや経って彼は静かに首を横に振り、「違うな。結び付かねえ」と小声を漏らした。頭の中で白粉とあの御方とを結び付けてみて、否定したのだった。

常森は、こう思った。あの御方は女性かと見紛う色の白い美しさに恵まれているが、白粉に結び付くような陰間な印象は無い。また白粉を誰かに贈るために小間物屋へ足を運ぶような印象も無い、と。

常森があの御方から受けている感じは、透き通るように冷ややかな凛たる雰囲気であった。恐ろしいばかりの、鋭利な透明感だ。

丹念に〝現場〟を検て回った常森は、足跡と白粉の他に得るものは無さそうと判断し、奉行所に向かって歩き出した。

〝現場〟から西へ真っ直ぐ、つまり四条通を西へ真っ直ぐ十二、三町（約一三〇〇メートル余）ばかり行けば、南北に走る堀川に沿った通り（堀川通）と十字に交差（現、四条堀川）する。

この交差する**東あたり**の町中では菓子屋が、**西あたり**の町中では鍛冶屋や両替屋などが商いをしており、それらを取り囲むかたちで伊勢・藤堂氏、筑後・有馬氏、播磨・本多氏、大和新庄・永井氏、摂津高槻・永井氏などの**京屋敷**（武家屋敷）が在った。

堀川に沿った通りを北へ七町（約七六〇メートル余）ばかり上がれば、京都東町奉行所が接して在る**二条城**だ。

常森が小半刻（三〇分）とかけずに、東町奉行所へ急ぎ戻ると、待ち構えていたように奉行宮崎重成から呼びがかかった。

呼ばれずとも、奉行の部屋を訪ねるつもりでいた常森であった。

彼が役宅奥の書院へ出向いてみると、奉行は奥方（奥様）沙代と女中に手伝わせて着替えをしているところだった。

「おお常森、少し早目に出かけようぞ」

「はあ。ですが御奉行、その御着物は……」

常森は怪訝な目で、奉行を眺めた。

奉行の身嗜みは極めて質素、というよりは貧しい印象を与えるものだった。

「その方も同心と判るその身なりではいかぬ。藤浦兵介にでも手伝わせて、着替えて参れ」

「あの御方の御屋敷を訪ねますのに、この身なりでは矢張り具合が悪う御座いましょうか」

「肩力ませたる奉行と同心ではなく、一介の素浪人として訪ねるのじゃ。それが、あの御方に対する我々の礼儀というものであろう。さ、早く着替えて参れ」

「判りました。その前に、ぜひ奥方様に見て戴きたいものが御座いまする」

「奥に？……」

常森は着物の袂から懐紙に包んだ固形の白粉を取り出し、手短な説明を加えつつそれを奉行に手渡した。

奉行は、ひと嗅ぎして「ほう……」という顔つきをすると、傍の沙代の掌に白粉をのせた。

上品な形のよい鼻先に白粉を近付けた沙代の口から、直ぐに答えが返ってきた。

「これは近衛様の御屋敷に近い、武者小路通の白粉所天満屋さんの梅華香のようですね。顔ではなく首筋胸元に薄く塗るもので、相当に高価なものですよ」

沙代はそう言いながら、正座している常森の前にやってきて、それを彼の手に返した。

「近衛様の御屋敷そば、で御座いますか」

訊き返した常森に、沙代が「はい」と頷いて見せる。

彼は奉行と顔を見合わせた。

幼少・病弱天皇に代わって政治を執る摂政や、最高位の大臣である関白に就く資格を有していた家柄（摂家）の近衛家は、五摂家の筆頭格であり、他に鷹司家、九条家、二条家、一条家の四摂家が控えている。

それらは貴族の中でも、別格であった。

その近衛家の程近くに、あの御方の屋敷があることを、奉行所の与力同心たちで知らぬ者はない。つまり、白粉所天満屋にも近い、ということだ。

「ともかく常森、急ぎ着替えてくるがよい」

「判りました」と、常森は頭を下げて書院から退がった。

五

東町奉行宮崎若狭守重成と筆頭同心格常森源治郎は、堀川に沿った通り（堀川通）を北に向かって上がると、東西に走る一条通を丹波・小出氏の屋敷の手前角（現、一条戻り橋付近）で右（東）へ折れた。

二人とも浅編笠を被り、小ざっぱりとした素浪人態、といった身なりだった。

常森は浅編笠の中で、さり気なく視線を左右にやって用心した。秋の日はさんさんと降り注ぎ、通りには町衆や侍、公家が往き交っているが、油断できなかった。奉行とその配下の同心と判れば、いきなり刺客に豹変する凶者が、その辺り彼の辺りにいるかも知れない。

常森は剣術格闘に自信がないだけに、屈強の若手同心を二、三人同道させたい、と奉行に申し出たが「二人だけで行くのじゃ」と首を横に振られた。

江戸から赴任してきたとき常森は、奉行も剣術はさほど強くない、と同僚から聞かされている。だから途中が心配で、少しばかり緊張していた。奉行を護り切れずその身にもし万一のことあらば、同行した筆頭同心格としてはハラを切らねばなるまいと思っている。

町家に挟まれた真っ直ぐな一条通は、人の通りが絶えなかった。黄色い鼻汁を垂らした幼子たちが、笑い声や金切声をあげて元気に走り回ってもいる。

一条通の正面、およそ五、六町東の彼方(かなた)（六百数十メートル東の彼方）には、壮大な建造物と判る建物の、ほんの一部が道幅を埋めて見えていた。

御所（禁裏）であった。いや、御所の周囲(まわり)は貴族館(やかた)で取り囲まれているため、見えているのは公卿（公家）屋敷の一部、と正しく言い直すべきであった。

奉行と常森は、町家に囲まれるようにして建っている津和野・亀井氏の武家屋敷を過ぎ、その隣の区画地にある寺（寿命院）の前でどちらからともなく足を止めた。

「その直ぐ先を左へ折れて進めば、武者小路通に入りますが」

常森が伺うと、奉行は黙って頷いた。

奉行の視線は、寺の白塀越しに見える色付き始めた紅葉に向けられていた。

「綺麗ですね。真っ赤に熟するのは、まもなくで御座いましょう」

「そうよな。岸野長行は、今年の熟し切った紅葉を見られなかったな」

「はあ……」

「参ろう」

奉行と常森は、再び肩を並べて歩き出した。

二人は少し先を左に折れ、蒔絵師や塗師、絵筆師の家々が建ち並ぶ通りを、ゆったりとした足取りで進んだ。御所や公家屋敷が近いだけに、〝風雅の道〟につながるそれらの商売には、それなりの〝引き〟があった。なかでも塗師や絵筆師の家の構えはなかなかのもので、通りに面しては間口の広い店（仕事場）を持ち、その背後に町家と称するには余りにも広過ぎる居宅を置いていた。

ほどなく二人は武者小路通に出て、白粉所天満屋の店先に立った。なるほど奉行の奥方沙代が言ったように、摂家第一の近衛屋敷が間近であることを、常森源治郎は自分の目で確かめることが出来た。ちょうど禁裏（皇居）本院御所のすぐ北側に位置している。

そもそも「近衛」という言葉には、天皇や君主のそばに仕えて警護する、という意味があった。

常森源治郎は着物の袂から、懐紙に包んだ白粉を取り出した。

「一応、確かめて参ります」

「それがよい」

常森は奉行を店の外に残して、天満屋の軒を潜った。大店で聞こえているだけに、さすが大層な店内であった。白粉口紅といった物だけでなく梳油、水油、伽羅之油、それに匂い袋、簪といった小物まで揃えて、女客で賑わっている。いわゆる専業商売ではなく複業商売であり、このことは京都の町人経済が勢いをつけていることの証しであった。

こうした商売・職人を統制するのは**徳川幕府の権力**であり、京都に於いては京都町奉行所がそれらの監理監督の任に当たっていた。

「これなんだがね」

常森は応対してくれた男前な若い奉公人に、表情を和らげ白粉をそっと見せた。

「わが家の口うるさい御新造様が知り合いの家から貰ったらしいのだが、あまりにいい香りなので天満屋さんの梅華香かどうか訊いてみてほしい、って言うんだ」

奉公人は受け取った白粉の匂いを嗅いで、相好を崩した。商人の顔だった。

「相違御座いません。天満屋の梅華香で御座います」

常森は言葉短に礼を言って、店の外に出た。

「奥方様の御推察通りで御座いました」

「梅華香か」

「はい。店内のあの混み具合から見て、何処の誰が買ったかなど訊くのは……」

「無意味だな」と、奉行が話の尻を押さえた。

二人は天満屋の前の通りを、北へ向かった。

ほどなく臨済宗相国寺派大本山の**名刹相国寺**（永徳二年、一三八二年開創。現、上京区今出川・同志社大学の北）の鬱蒼たる森が、右手斜め向こう町家の低い屋根越しに見えてきた。

だが二人の視線はそれとは反対の方角・左手斜め向こうへ注がれていた。

そこには、古い屋敷が粛然たる雰囲気を漂わせて在った。小さくはない屋敷だったが、さりとて大邸宅からは程遠い印象であった。

あの御方の住居(すまい)である。

検視の源治は、奉行に気付かれぬよう生唾(なまつば)を飲み込んだ。江戸者(もん)の彼は、あの御方の素姓を知らなかった。奉行や同僚に訊ねてみたことはあったが、誰も知らなかった。ただ、当たり前ではとても近付くことの出来ない血筋の御方、という噂(うわさ)は確信的な響きを持って奉行所内に存在していた。

二人は、古い館(やかた)へゆっくりと近付いていった。

「のう常森……」

「は？」

「我らは町方と言えども、朝廷ならびに公家衆に対し目を光らせる役目を背負っておる。心苦しい役目ではあるが、それを忘れてくれるなよ」

「心得ておりまする」

答えて常森源治郎は、もう一度生唾を飲み込んだ。

二人は、あの御方の古館(ふるやかた)の**四脚門**の前に立った。左手の向こうにもう一つの門、**台所門**があって、その門前をこちらに背を向けた老爺(ろうや)が竹箒(たけぼうき)で掃(は)き清めていた。

「案内を乞(こ)うて参りましょうか」

「そうよな」と、奉行は首を小さく縦に振った。

常森源治郎は早足で、老爺の背に近付いていった。

老爺が気配を感じて竹箒の動きをとめ、振り向いた。質素だが小綺麗な身なりの老爺であった。皺深い顔立ちは、いかにも温厚そうに見える。

「あの、いきなりで申し訳ござらぬが、この屋敷の御館様(おやかたさま)にお目にかかりたいのだが」

常森は穏やかな調子で切り出した。すると老爺は、にこりと微笑んで常森が予想もしていなかった言葉を口にした。

「誠に不躾(ぶしつけ)なことを御訊ね致しますが、お侍様はもしや、東町奉行所の常森源治郎様では御座いませんか」

「えっ……」

驚いた常森は思わず、奉行の方へ目を流した。

「そして、あちらの御方(おかた)様は東町奉行宮崎若狭守重成様……」と、老爺は声を少し低くした。面喰(めんくら)った常森は、「う、うむ」と頷くほかなかった。

「おそらく今日にでも見えられるであろうから、粗相（そそう）なく御通しするように、と主人（あるじ）より申しつけられております。今あちらの表御門（四脚門）を開けます故、暫し御待ちください」

「さ、さようか」と、常森は尚のこと驚いた。自分たちが訪れることを予見されていたなど、全く考えもしなかった常森だった。

老爺が台所門の内へ姿を消し、常森が奉行のそばに戻って〝驚き〟を早口の囁き声で告げ終えたとき、表札なき四脚門が老爺の手によって左右に開けられた。

「どうぞ御入りください。**若様**は、この庭を真っ直ぐに進まれた突き当たりの座敷におられます」

若様、という老爺の言葉に、浅編笠の下で奉行と常森の表情が動いた。あの御方が、**若様**、と呼ばれる血筋を受け継いでいることが明らかとなったのだ。

「誠に申し訳ござらぬが……」

四脚門の内に入ってから、常森はその通り申し訳なさそうに口を開きつつ、浅編笠を取った。

「若様の御名を教えてはくださらぬか。実は、そのう……」

「若様の御身分・御素姓を知らぬままに御来訪なされたであろうことは、承知致しております。それにつきましては、若様に直接、お訊ねくださりませ」

「判りもうした。では……」

常森は、浅編笠を取って老爺の手に預けた奉行の前に立ち、歩きだした。

大邸宅とまでは称せぬ屋敷とは言え、広大な庭であった。黄赤色に染まり出した育ちのよい紅葉で一面埋まっている庭だった。

奉行と常森は、その紅葉隧道を庭の奥へと向かった。

右手は白壁の塀であったが、左手には紅葉の枝々の間から、開け放たれた幾つもの広い部屋や渡り廊下が見える。

奉行にも常森にも、それらが寝殿造の特徴を踏襲しながらも書院造の構成を見せている、と判った。古館ではあったが、しっかりと頑丈に造られていることも素人目に判った。

けれども部屋の内も外も華美を排し、質素だった。いや、質素を通りこし、生活があまり豊かではないという印象すら漂わせている。

長く続いた紅葉隧道が尽きると、鯉がはねる瓢簞形の池があって、その池の向こうに、こちらに開け放たれたかたちで広間があり、今日は紺色の着流しのあの御方がひっそりと正座をしていた。

奉行と常森は相手と視線を合わせ、そして丁重に頭を下げた。奉行ほどの人物にさえ頭を下げさせるものが確かにある、と常森は改めて思った。

奉行と常森がとった礼に対し、「やはり来られましたか」と、目の前の御方は立ち上がり、ゆるりとした動きで庭先へ下りた。

また池で鯉がはね、かわいた水音がした。

三人は、池の畔で間近に向き合った。

「御都合をお訊ねすることもなく、突然お訪ね致しました無作法を、先ずはお詫び申し上げねばなりませぬ」

奉行宮崎は軽く腰を折ってから、名乗った。

「私、東町奉行宮崎若狭守重成と申しまする。ここに控えておりますのは、私の配下の同心で……」

「存じており申す。常森源治郎殿、またの名を検視の源治……でありましたな」

常森は「あ」と、たじろいだ。五条大橋で出会ったとき名は名乗ったが、検視の源治などという言葉は自分も他の同心も口には出していない。

「ま、おかけください」

淀み無きさわやかな声で勧められて、奉行と常森は御影石の腰掛けに腰を下ろした。むろん、相手が腰を下ろすのを待って。

常森はたちまち石の秋冷えを、臀部に感じた。

「私は無位無冠の素浪人です。姓は松平、名は政宗。年齢二十八歳」

名を告げ、姓名の字綴りまで述べた相手に、奉行が「恐れ入ります」と応じた。が、常森源治郎は（違う……）と思った。なるほど無位無冠の素浪人と見えなくはない身なりであったが、その身なりで包まれているものは、断じて侍あるいは素浪人の印象ではなかった。御当人が隠そうとしても隠し切れないものが、漂ってくる。静穏な美しいやわらかさ、とでも言うような。

それに松平政宗という侍に多い名も、常森は気に入らなかった。

彼は控え目な口調で訊ねた。

「率直にお訊ねすることを、御容赦くださりませ。松平様と仰せられまするとと、徳川将軍家の御血筋と……」

「……は関係ない。ただの素浪人松平です」

常森に皆まで言わせず、政宗が物静かに答えた。彼は続けた。

「おそらく私を怪しんで訪ねて来られたのであろうが、それは見当違い。惨劇が生じた直後に偶然現場近くに佇みはしたが、私は下手人ではない」

「左様で御座いましたか。では、不審なる者が立ち去るなどについて、お目に止まりませんでしたでしょうか」

「見なかったが」

「下手人は刀ではなく、鋭利な真っ直ぐな凶器を用いております。恐れ入りますが、これを御覧になってくださりませ」

常森源治郎は着物の左袂から、紙で包まれた長さ一尺ほどの細長いものを取り出して開いた。

出てきたのは、岸野長行ら町方の致命傷に蠟を流し込んで得た、アレ、アレであった。

「ほう」

蠟形を手渡された松平政宗は、それが何であるか直ぐに気付いたようだった。

常森がその蠟形の得方(えかた)を簡単に説明すると、政宗は黙って頷いたあと付け加えた。

「確かにこれは、刀の形ではありませぬな」

彼は蠟形を常森に返すと、立ち上がって花が舞うが如くふわりと座敷へ行き、床の間の刀掛けにあった大刀を手にして戻ってきた。

「昨夜、私が腰にしていた刀です。御覧あれ」

「お宜しいのでしょうか」

「うむ」

「ならば私が拝見させて戴きましょう」

奉行宮崎重成が、それを常森から受け取った。

彼は静かに丁寧に、鞘を払った。奉行のその丁重さこそ、相手に対する並々ならぬ気配りであった。

「こ、これは……粟田口久国」

秋の日を浴びて輝く白刃を見るなり、奉行宮崎重成は迷いのない口調で言った。

「左様。さすが、よくお判りでいらっしゃる」

「一点の曇りも無いこの白刃の素晴らしさを見れば、刀を少しいじる者なら、それと判りましょう」

栗田口久国と聞いて、常森は表情を硬くした。

刀鍛冶粟田口一派は、京都で鎌倉初期から南北朝初期にわたり、皇室や公卿達を得意先に隆盛を極めた名門である。

粟田口というのは地名であって、延暦寺三門跡の一つ青蓮院（しょうれんいん）（東山区粟田口三条坊）の、北東ほど近くに粟田口村という鍛冶集落（現、東山区粟田口鍛冶町）があった。

松平政宗は、皇族や公卿達を得意先としていた、その粟田口一門の中でも、最も鍛冶技倆（ぎりょう）が高いと評されていた久国の作を所持していたのである。

「血曇りの有無を、とくと御検分を……」

「いや、とんでも御座いませぬ。無作法なるお訪ね方をしました我等に、大切な腰の物を自ら差し出されましたる御配慮に頭が下がります」

奉行は名刀粟田口久国を、松平政宗の手に返した。

政宗は微笑んで、次に常森と顔を合わせた。

「検視の源治殿は、事件現場に残された足跡も、気になっておられるであろう」

「はい。とくに上物と思われる雪駄二種が残した足跡に、注目しておりまする」

「その足跡の特徴は？」

「一つは……」

常森源治郎は足跡二種類の特徴を、手短に打ち明けた。

「それならば、私のものではない。また、私は事件現場近くに佇みはしたが、亡骸の直ぐそばには立っておらぬ。無用の足跡を残して、町方の捜査の支障になってはと思うてな」

「左様で御座いましたか。ところで、いま松平様は、亡骸、と申されましたが、離れた位置に佇んでそれとお判りになったのでしょうか」

「判った」

力みなく、きっぱりと答えた松平政宗の言葉に、常森は「そうですか」と頷くほかなかった。そして、不思議な御人（おひと）である、と思った。こうして間近で向き合っていると、相手から受ける印象の全てが、温かなそよ風のようなものと化して、ぐいぐいと胸の中に染（し）み込んでくる。

（この御人（おひと）は、事件とは関係ないな）

そう確信せざるを得ない、検視の源治であった。その一方で、もっと疑いたい、もっと追及したい、という気持が無くはない。けれども、その感情を押さえ込もうとする理性の方が、はるかに強く作用しているのが、自分でも判った。

第二章

一

「この蠟形から凶器が何であるかを推測できるかも知れぬ人に、お引き合せ致しましょうか」

奉行と常森は、松平政宗にそう促されて**紅葉屋敷**を、あとにした。

六、七歩前をゆったりと歩む政宗の後ろ姿を眺めながら、常森源治郎は（名の知れた刀鍛冶でも紹介してくださるのか……）と思った。蠟形から凶器が何であるかをズバリ言い当てるなど、生半な知識では出来ない。素人には、どだい無理である。

政宗は菓子所と両替屋が向き合っている角（現、今図子町あたり）を左に折れ、東西に走る通り（今出川通）へ入った。向こうに、**五摂家第一近衛家の宏壮な屋敷**が見えている。

その屋敷へ近付いたとき、奉行と常森を驚かせる予想もしていなかったことが生じた。

近衛家の四脚門から姿を現わした初老の公家侍と供の者が、松平政宗を認めて「あ……」という表情をつくり、威儀を正して頭を下げ、政宗も会釈を返したのである。相手の政宗に対するそれは、明らかに格上の者に対して見せる、作法の雰囲気であった。それを目の前で見た常森源治郎はしかし、胸の中で首をひねった。五摂家筆頭の近衛家よりも格が上となると、常森にはちょっと考えの整理がつかなかった。もっとも、五摂家筆頭の近衛家と言えども、幕府による〝朝廷・公卿の統制政策〟により、彼等の台所事情がかなり苦しいことは常森も充分に承知はしている。なにしろ**禁裏御料**（皇室石高）で**僅**（わず）**かに一万石余**であり、**近衛家となると一八〇〇石程度**、つまり幕府直参の大身旗本程度でしかなかった。

あとの四摂家も、**鷹司家一〇〇〇石**、**九条家一〇四三石**、**二条家一七〇八石**、**一条家一〇二九石**と似たり寄ったりである。

こうした〝高貴だけれども貧乏〟という公家の現状を指して、下々（しもじも）では「お公家様の位倒れ」という言葉が囁（ささや）かれたりしていた。

三人は今出川通を真っ直ぐに進んだ。通りの右側は近衛家にはじまって八条家、公家衆屋敷と続き、通りの左側は公家衆屋敷、禁裏付与力同心組屋敷、伏見宮（ふしみのみや）邸、い。

「政宗殿は、同心たちの噂に上がるほど本当に夜歩きの多い御人なのか」

常森と肩を並べていた奉行宮崎が、常森の耳元に顔を近付け、思い出したように囁き声で訊ねた。視線は六、七歩前を行く松平政宗の背中から、はずしていない。

常森は小声で「はい」と頷いた。二人の会話は、それだけであった。

今出川通の中でも、お公家様通りとも言われているこの辺りは、さすがに人の通りは少なかった。どの貴族館にも、色付いた紅葉の枝々が土塀越しに見事だった。何処からともなく、琴の音が流れてくる。

霊元天皇（在位一六六三年～一六八七年）のおわす御所の大屋根が、右手の公家屋敷の直ぐ南側に見えていた。ともかくこの界隈は京都の中でも、「**近付けて近付けない異世界**」であった。

鴨川と並行に走っている御土居が見える辺りまで来た時、松平政宗の足がある公家屋敷の前でとまった。

その館の門前を掃き清めていた下僕らしき老人が、「これは**少将様**……」と丁重に腰を折った。

奉行宮崎も常森も、「な、なにっ」と危うく声に出しかけた程の衝撃を受けた。聞き間違いではなかった。老下僕は今確かに「少将様……」と言った。

「腰の痛みはどうだ平市」

「はい。このところは楽になりまして御座います」

「そうか。大事にしなさいよ」

「有難う御座います」

松平政宗は、門を潜った。

数歩後に佇んでいた奉行宮崎と常森は、素早く小声で会話を交わしつつ足を運んだ。

「常森よ、この館は確か……」

「伏見宮家の下屋敷です」

「それに、少将様、とはどういう事だ」

「わたくしには判りませぬ。まったく」

二人は、政宗に続いて館の門を潜った。

〝少将様〟が、大内裏（皇居）の守護を司る近衛府の大幹部の地位を意味していることは、むろん奉行も常森も心得ている。二人は、政宗が「少将様」と呼ばれたことに、衝撃を受けたのだ。夜歩き政宗が、そう呼ばれたことに。

近衛府少将と言えば、その位階（官位）は正五位上もしくは正五位下であって、太政官（いわば総理府）少納言よりも一階級上という大変な地位である。

松平政宗を〝浪人態〟と見ていた奉行と常森の頭は、少なからず混乱した。

しかも政宗は伏見宮邸へ、いとも気安く入っていく。

此処は宮家だ。

その伏見宮家からは、第十代貞清親王（承応三年、一六五四年七月没）の頃に、三人の娘が恵まれた嫁入りを果たしていた。長女は紀州藩二代藩主・大納言徳川光貞（一六二六年〜一七〇五年）の元へ、次女は右大臣久我広通に、そして三女は現将軍（第四代）徳川家綱（一六四一年〜一六八〇年）へである。

これについては勿論のこと、奉行も常森も承知していた。

三人が広い庭内の中ほどまでか来たとき、奥から槌音が聞こえてきた。

奉行と常森は、思わず顔を見合わせた。彼等の脳裏にはこのとき、刀鍛冶の立ち働く姿が浮かんでいた。

（はて？）と、二人はそれぞれ胸の内で、首を傾げた。二人とも、伏見宮家から刀鍛冶の槌音が聞こえてくる噂など、耳にしたことがなかった。

だが、確かに聞こえてくる。両刀を腰にする武士である奉行と常森には、まぎれもなく刀鍛冶の槌音と判る音であった。

松平政宗の足が止まって、振り向いた。庭の最も奥、白い土塀の直ぐ向こうに御土居が少し見えている其処に、蔵造りの建物が一棟あって、槌音はその中でしていた。

「どうぞ」と松平政宗は促して微笑み、蔵造りの中へ入っていった。

槌音がやんだ。

奉行と常森が肩を並べて入った其処は、矢張り鍛冶場だった。しかも宮家の庭内にあるものとは思えぬ、本格的な鍛冶場だった。

立ち働いていた三、四人が、三十代後半に見える一人を残してそそくさと鍛冶場から出ていった。

「途中で手を休ませて申し訳ござらぬ。作業の手順に支障はありませぬか貞致（さだゆき）

様」

松平政宗が、三十代後半と覚しき貞致なる人物に謝った。交流ある者の口調であった。

「なあに、今日は弟子達を教える日になっております。いつ手を休めても、なんら支障ありませぬよ」

相手は、そう言って笑った。

貞致、と聞いて奉行と常森は驚いた。伏見宮家の現在の当主が〝貞致親王〟と知らぬ訳がない二人である。公卿の監理監督が京都町奉行所の職務の範疇に入っているだけに、とくに常森は京都に着任して以来、「朝廷とは」「公卿とは」の知識の吸収に努めてきた。

が、貞致親王に会うのは、奉行も常森も今日がはじめてだった。

松平政宗が先ず奉行と常森の名を貞致親王に告げ、次に突然に来訪した理由を伝えた。

常森はすでに、袂から例の蠟形を取り出していた。

「どれどれ、拝見しましょうか」

貞致親王は常森からそれを受取り、どちらが表とも裏とも言えぬそれを、じっと眺めた。真剣なまなざしだった。常森は、たおやか過ぎると言われている京公卿にもこのような気力ある目つきをする人物がいるのだ、と思った。

それに貞致親王のしゃべり方は、公家らしくも京都人（みやこびと）らしくもなかった。気骨ある侍の印象だった。そのうえ、刀鍛冶の高い技術をも修得しているのだろうか？

そう言えば槌を振り上げるであろう親王の右腕は、筋肉に富んでいた。

「これは、どうやら洋剣ですな」

親王が、そう言うなり奇妙な構えをとった。西洋剣術（フェンシング）の基本的な構え方であったのだが、むろん奉行にも常森にも、そうとは判らなかった。

ただ、松平政宗だけは、「やはり……」と言葉短く頷いた。

親王は奉行と常森と交互に顔を見合わせながら、洋剣と西洋剣術について説明を始めた。それは奉行と常森にとって、実に判り易い簡潔な説明だった。

二人は親王の博学さに、感嘆した。

奉行も常森も、抜き身の洋剣というものを、まだ見たことがなかった。京都（みやこ）には川原町通三条下ル町に阿蘭陀宿「海老屋」があって、オランダ商館長（カピタン）ら一行が長崎から江戸への参府旅行の途中に必ず泊まっていく。この阿蘭陀宿が、京都所司代及び京都町奉行所の監理監督下にあったことから、奉行宮崎も常森も、正装したオランダ人の腰に下がっている洋剣つまり鞘に納まった洋剣は目にとめたことがある。ただ自分たちも侍として帯刀していることから、彼らの腰に下がっている洋剣を意識し過ぎることは、ほとんどなかった。

二

伏見宮家下屋敷で、四人の話は思いのほか弾んだ。単に京都の治安のこと、洋剣のことにとどまらず、話の幅は文化芸術へと広がって、さながら長く交流あった者同士のごとき雰囲気だった。

松平政宗ら三人が伏見宮家下屋敷の四脚門を宮家の使用人らに見送られて出たとき、日はすでに落ちてとっぷりと暗かった。

この上もなく旨い酒を振る舞われたから、三人の間はまだやわらかに和んでいた。

京の酒は旨い。

「少し喋り過ぎました。見苦しい点があったやも知れませぬ。なにとぞ御容赦ください」

軽く頭を下げた奉行宮崎に、松平政宗は「なんの……」と笑みでさらりと返した。

常森は松平政宗がなぜ公家屋敷の老下僕から「少将様」と呼ばれたのか、その理由を知りたかった。だが、それを切り出せない心地良い和みに、常森は終始支配されていた。

「政宗様、お屋敷まで、お送りいたします」

常森が切り出すと、政宗は「いま暫くこの月明りの下をそぞろ歩きましょう」と懐手で歩き出した。

奉行と常森は、少し遅れて政宗のあとに続いた。

通りは月明りで見通しが利いたが、人の姿は全くなかった。連続する殺人事件を恐れて、日が沈むと同時に京都からは賑やかな所が消え失せてしまう。

「検視の源治殿」

前を行く松平政宗の歩みが、ほんの少し緩んだ。

常森は「はい」と答えて、政宗との間を詰めた。

「殺人事件は一定の刻限に集中しているのですか」

「いまのところ深夜に集中致しております。ですが私は、その余りの残虐性から見まして、そのうち刻限を問わずに起こるのではないかと、心配致しておるのですが」

「たとえば昼日中(ひるひなか)でも？」

「はい」

「左様ですか」

伏見宮家の前の通りを南へ下りると、**女院御所下屋敷**（現、上京区東桜町あたり）に突き当たる。

そこを右へ折れると、広大な御所敷地に接するかたちで南北に走る寺町通に出る。

三人は行願寺、専念寺、常念寺、三福寺など諸寺が連なる月夜の通りを南へ下がって、大恩寺の門前（現、中京区下御霊前町あたり）を右に折れて丸太町通へと入った。ここから先、通りの左右は町家が立ち並ぶ地域だったが、シンと静まり返って野良犬一匹いなかった。いつもなら鼻たれ小僧のわめき声や、職人やかみさん達の大声がひっきりなしだが、今夜(いま)は肩をすぼめ声を殺しているかのようだった。

奉行宮崎が思い出したように政宗の背に向かって、然しためらいがちに訊ねた。

「貞致親王に刀鍛冶としての力量が備わっているとは大変に驚きましたが、いつ頃誰に師事して御修業なさったのでしょうか」

本当は貞致親王よりも、目の前の松平政宗の素姓に関心がある奉行と常森であった。

政宗が「そのうち判りましょう。親王から直接聞かされる機会が、あるやもしれませぬな」と答えた。そういう事には、余り興味も関心もなさそうな口ぶりだった。

「これは出過ぎたことを、お訊きしたようで……お許しください」

「いやいや」

三人は、少し先に**近江・彦根藩井伊氏の京屋敷**（現、上京区大門町あたり）が見える辺りまで来ていた。町家を押しのけるようにして建っているこの大邸宅の周辺には、呉服屋が特に多く、次いで両替屋や絵筆師、茶の湯道具師、菓子屋などが目立った。日中はかなり賑わっているが、今はどこも表戸を固く閉ざして、しわぶき一つ聞こえてこない。

このとき政宗の足が、ふっと止まった。そのさり気ない足の止めようが、かえって尋常でない、と奉行と常森には直ぐ判った。

「検視の源治殿、出ましたな」

「え」

「向こうを御覧あれ」

そう言って松平政宗が顎(あご)の先で小さく示したのは、丸太町通と十文字に交差する通りの右手向こうであった。そこでは京都では名の知れた二軒の呉服屋「大和屋」「浪花屋」が向き合っていた。

老舗のこの二軒ともやはり表戸を閉ざし、まるで商売(あきない)をやめてしまったかのように、異様なほど沈んで不気味だった。

その不気味さの中に、つまり大和屋と浪花屋の間に一人の人物が佇んで、こちらをじっと見つめていた。

それは男。白い着流しに腰に一刀だけを差した、遠目にも長身と判る浪人態であった。

常森の脳裏に、瀕死の得次が言い残した「背丈……五尺……八寸ほど……白い……白い……」が甦った。

「もしや、あいつか」

呟いて駈け出そうとした常森の左肩を、松平政宗の右手が押さえるようにして摑んだ。

常森は顔をしかめた。政宗の五本の指の、凄い握力であった。

「検視の源治殿。おそらく貴殿一人では危ない。私が行ってみましょう」

「しかし、それでは……」と逡巡したのは奉行宮崎だった。町方総師としては、当然のためらいだった。このときの彼は、松平政宗のことを町方ごときが近寄れぬやんごとなき御方ではないか、と思い始めていた。もちろん根拠などはなかった。政宗から受ける印象や公家屋敷の老僕が口にした「少将様」から、そう思うしかない気分に陥っていた。だからそのような人を、危険かも知れぬ何者かに近付ける訳にはいかなかった。

が、政宗は懐手のまま何事もなかったかのように歩き出していた。奉行と常森も、左手を刀の鯉口に触れつつ政宗に続いた。剣術には自信のない二人だった。けれども奉行であり筆頭同心格である二人にとっては、控えてはおれなかった。

三人と、相手との距離が詰まって、三人の足はとまった。

常森源治郎は驚愕した。いや、奉行宮崎も茫然となった。

五尺八寸はあろうかと思える浪人態の背丈は、松平政宗とほとんど変わらなかったが、決定的に違っている点があった。

皓皓たる月明りの下、奉行と常森の目に、その〝違い〟は余りにも鮮烈に映った。

男の髪は茶褐色で、双つの目は月の光を吸ってはっきりと青緑色だった。鼻筋には贅肉がなく鼻先は鋭く尖っていた。そして腰帯に差した一刀は侍のそれ（日本刀）とは異なり、奉行にも常森にも洋剣と判った。年齢の頃は、政宗と同じくらいか。

奇異なことに、男は政宗を見ず、彼の左右に二歩ばかり退がって立っている奉行と常森を交互に見つめていた。

いや、見つめている、と言うよりは、睨(にら)みつけている、と言い替えた方がよかった。

だから、刀の鯉口に触れている常森の左掌には、たちまち汗が滲(にじ)み出していた。自分に向けられている男の目に、怒りのようなものがある、と常森は感じた。

彼は前に出て政宗と肩を並べた。町方としての任務を果たす必要がある、という思いが、彼を前へ動かした。左手は刀の鯉口から離れていた。

「私は京都東町奉行所の者ですが、あなたの腰の刀、ちょっと見せて戴(いただ)けませぬか」

常森は日本人ばなれした相手の顔を見返して、丁寧な調子で言い切った。身なりは浪人態でも容貌(ようぼう)は異人（外国人とくに西洋人）そのものであったから、言葉が通じるか、と不安だった。

だが相手は、即座に答えた。

「ことわる」

まったく不自然な響きのない、この国の言葉づかいだった。

「いま御願いしたことは、奉行所同心の役目として申し上げているのです。腰の刀は洋剣でございますな。ぜひお見せください」

常森は声の調子を強め、半歩前に出た。

「ことわる、と申した筈だ」

「では、姓名及び住居を、お訊きしたい」

常森の目つきが険しくなった。

「それも、ことわる。月夜の道を歩いていただけで、刀を見せろ、姓名住居を教えろとはどういうことか」

常森を睨み据える男であったが、声は落ち着いていた。

「貴殿は京にお住まいか」

「左様」

「ならば京に於けるこのところの連続する殺人事件については、耳に入っている筈。夜道での町方同心の役目には、京に住む者として協力して戴きたい」

「うるさいハエだ。私はハエは好かぬ」

舌打ちするなり、男は腰の剣を抜き放って身構えた。その構えは、貞致親王が奉行宮崎ら三人に見せた構え、そのままだった。

常森の前に松平政宗が立って、静かに粟田口久国の鞘を払った。

奉行も常森も呼吸を止めた。まるで絵に描いたように美しい政宗の正眼の構えであった。切っ先に微塵の揺れもなく、全身のどこにも力みは見られず、女人が剣を取って構えているかのような、やわらかさ優美さだった。

洋剣の方は、表情にも五体にも力を漲らせた〝剛〟の構えであった。

「お主の目つき、何やら町方に深い恨みを抱いておるな」

政宗が穏やかに言った。奉行と常森が「え？」という表情をつくった。二人にとっては、思いがけない政宗の言葉であった。

と、洋剣の男が二歩退がって構えを解き、剣を鞘に納めると、くるりと背を向けて足早に立ち去った。

「待てっ」と追おうとした常森を、「よせ」と止めたのは奉行だった。

「ですが御奉行」

「今夜のところはよい。あれが下手人だとしても、我ら三人に顔を見知られたゆえ、暫くは動くまい。それより気になることを思い出したのだ」

「気になることを、で御座いますか」

「うむ。前職、伏見奉行の頃のことでな。これより京都所司代へ付き合うてくれ」

「この刻限ですと、当直の者しかいないと思いまするが」

「それでよい」

一人と二人は、ここで北と南（丸太町通の方へ）に分かれた。政宗の後ろ姿が夜の向こうに小さくなるまで、京都東町奉行宮崎若狭守重成と検視の源治は、ときどき振り返ることを忘れなかった。

奉行と常森は丸太町通に出て西へ向かった。ほぼ真っ直ぐに四分の一里（約一〇〇〇メートル）ほど行けば、**二条城の北西に接するようにして在る京都所司代下屋敷**にぶつかる。この下屋敷は広大で、その敷地は二条城の敷地の三分の二に迫るほどであるから、京都及び畿内に於ける所司代の重要さというものが頷けよう。

所司代の機能が集まる役所は、二条城の直ぐ北側に接して在る。

奉行宮崎と常森が訪れた刻限には、所司代永井伊賀守尚庸はすでに引き揚げていたが、奉行宮崎が当直の所司代同心に〝**異人取調犯科帳**〟を見せてくれるよう頼んだ。

創設されて間もない京都町奉行所には、こういった犯科帳は充実しておらず、したがって所司代の犯科帳の管理を、京都町奉行所へ移管すべきかどうか、検討されようとしていた。

二人は一室を借りて犯科帳に目を通しはじめた。とは言っても、一冊一冊を丹念に見ていくのは奉行宮崎だった。

常森はと言えば奉行の見終えたものに目を通し過去の異人取調が、あの紅毛、碧眼(へきがん)の浪人態にどう関係するのかを懸命に推測するしかなかった。

「あったぞ常森。これだ」

かなりの時が過ぎて、奉行が手にしていた犯科帳を常森に差し出し、大きな息を一つ吐いた。

奉行の顔に、いささかの疲れが覗(のぞ)いていた。

犯科帳を受け取った常森は、目を見開いてそれを読んでいった。

なるほどそこに書かれている事件は、初代京都東町奉行宮崎重成が前職伏見奉行に就いているとき、起こっていた。京都所司代の**筆頭与力野河輝長**(のがわてるなが)**五十一歳**がこともあろうに、所司代門前で阿蘭陀(オランダ)人女性ローズ・ワルデナール四十五歳に、刺殺されたのである。

　それは、江戸から出向してきた常森が、はじめて知った事件だった。

　野河輝長と連れ立っていた配下の同心二名は、下手人の阿蘭陀人女性を捕縛しようとしたが、女は大柄な上に西洋剣術を心得ていて激しく抵抗。やむなく同心二人はこの阿蘭陀人女性に斬(き)りつけて重傷を負わせて取り押さえ、名前と年齢までを聞き出した。しかしその直後、同心の脇差を奪って自害して果てたのである。

「なんとまあ、凄(すさ)まじい異人女で御座いますが、所司代の筆頭与力が殺害された大事件の割には、この取調犯科帳の記述は簡単に済ませておるように思われまするが」

「うむ、その通りよ」

「それに御奉行。下手人の女の身元も判っておりませぬな」

「自害したとは言え、異人女がこの京都に多数いる訳がない。突き詰めて調べようと思えば出来たのであろうが、そこそこにしておけい、という御達しが上からあったという噂を聞いている」

「そこそこ……にて御座いますか。やはり所司代筆頭与力が、所司代屋敷門前で異人女に殺害されたという衝撃が、そこそこの御達し、になったので御座いましょうかね」

「それは、ある。だが本当の理由は、もっと根の深いところにあるらしい」

「根の深いところに？」

「殺害された筆頭与力野河輝長とは、ちょっとした頼み事で私は一、二度だが会ったことがある。したがって人となりについて他人に語るほど詳しくは知らぬが、確かなことは小野派一刀流の皆伝者で、しかもなかなか仕事の出来る美男子だったということだ」

「ほう」

「若い頃から色町女には、相当に持てたらしい。泣かせた素人女の数も、両手の指では収まらぬ、という噂もあったりしてな」

「それはまた……うらやましいと言うか、憎いというか、あははは」

空笑(からわら)いをした常森であったが、目は笑っていなかった。

「すると御奉行。もしや下手人の阿蘭陀女も」

「それだ。色恋沙汰ということも考えられる」

「その色恋沙汰が若い頃のものであったなら」

「野河輝長と阿蘭陀女の間に、子供が出来ていたとしても不思議ではない」

このとき奉行宮崎と常森の脳裏には、あの碧眼の浪人態の顔が甦っていた。

「付き合っていた相手を殺してしまう程の色恋沙汰、と申しますと御奉行」

「若い頃の野河輝長には、異人女との付き合いを成就させられぬ事情があったのかも知れぬ。その事情が余りにも長きに亘り過ぎて、痺れを切らした異人女がとうとう惨劇を起こしてしまった、ということであろうかの」

「世間によくある話で御座いまするな」

「常森。この色恋沙汰を一度調べてみてくれぬか」

「承知いたしました」

「但し、くれぐれも目立たぬようにな」

「心得て御座います」

第三章

一

翌朝、医師順庵宅を訪ねて〝鉤縄の得〟こと目明し得次の容態が意識はないものの安定しているのを確かめた常森源治郎は、その足で川原町通三条下ルの阿蘭陀宿（現、中京区大黒町・山崎町のあたり）「海老屋」を訪ねた。

鎖国下のこの時代、定期的に江戸に参府する途中、京で幾日かを過ごしていく異人は、オランダの商館長（カピタン）一行ぐらいのものであった。京のほかに途中数日の宿泊を**幕府から認められた阿蘭陀宿のある定宿町として、小倉、下関、大坂**などがある。

オランダ船が最初に日本にやってきたのは、関ヶ原合戦の約半年ほど前、慶長五年（一六〇〇年）のことだった。その九年後の慶長十四年、徳川家康は九州平戸にオランダ商館を開設することを許可している。

そして、通商免許の御礼のための江戸参府が慣例化（定期化）したのは、寛永十年（一六三三年）頃からで、商館が寛永十八年（一六四一年）に平戸から長崎の出島（築島）に移設されて以降も続いた。つまり江戸参府の途中で、カピタン一行（オランダ人の他ドイツ人もいた）は必ず京都で幾日かを宿泊したのである（具体的には、嘉永三年《一八五〇年》までの江戸参府は一六六回を数える）。

常森源治郎は、二階建になっている海老屋の入口を潜った。

京都町奉行所の監理下にある阿蘭陀宿海老屋とは言っても、敷地が百八十坪ほどの質素な建物だった。客室は一階に六畳三部屋と四畳半二部屋。二階は六畳三部屋、四畳半一部屋である。

「ちょいとごめんよ」

「あ、これは常森様」

土間の直ぐ奥の部屋に座って使用人に指示を出していた初老の男が、笑みを見せて腰を上げた。海老屋の主人、村上文之助（むらかみぶんのすけ）だった。小柄で温厚そうな文之助であったが、その表情には生活苦のようなものが滲（にじ）み出ていた。旅人の誰でもを泊められる旅籠と違って、カピタン一行を対象とする宿舎であったから収入に伸びがなかった。いや、たかが知れた稼ぎ、と言い直した方がいいかも知れない。そのため輸入薬、とくにオランダ医薬品の売買許可について、それとなく御上（おかみ）におうかがいを立てたりしているところだった。

「今日はな、その方に少し訊ねたいことがあってやって来たのだ」

「どのようなことで御座いましょうか。ま、此処ではなんですから、ともかくお上がりくださいませ」

「うん」

文之助は短い渡り廊下でつながった、奥の小さな家族用の座敷へ常森を案内した。

若い女中が二人の前に茶を置いて部屋を出ていくと、二人の話がはじまった。

「お前さん、所司代筆頭与力の野河輝長様が阿蘭陀女のローズ・ワルデナールに殺害された事件、知っていなさるね」

「は、はい」

と答えた文之助の温厚な顔つきが身構えたのを、常森は見逃がさなかった。

「野河様は大層、女に持てたと言うじゃないか」

「そういう噂を耳にしたことはありますが……」

「余り身構えるなって。何も、お前さんのことを、あれこれ調べる積もりはないんだ。知りたいのは、阿蘭陀女の身元と野河様との関係だよ」

「あのう……その事件については、すでに所司代にて御調べが終っているのでは御座いませぬか」

「確かに終っている。しかしな、今になって異人取調犯科帳を読み返してみたところ、何故か肝腎な部分の記述が省かれているか、ぼかして書かれているんだ」

「はあ……」

「ふだんの京都に阿蘭陀女が、あちらこちらに目立つほどいる訳がない。カピタン一行が江戸参府の途中で海老屋に泊まったとき、一行の家族として、または商館員として阿蘭陀女がいるくらいのものだ。そうだろう」

「おっしゃる通りで御座います」

「だったら、野河輝長様を殺害した阿蘭陀女ローズ・ワルデナールの身元は、海老屋の村上文之助に訊くしかねえってことになる。違うか」

「い、いえ、違ってはおりませぬ」

「だったら教えてくれ。野河輝長様を殺った四十五歳になる阿蘭陀女は一体何者で、カピタンの江戸参府でもない時期になぜ京にいたんだ」

「大変失礼なことを一つ、お訊ねさせてくださいまし常森様」

「いいとも。なんだ?」

「常森様が本日只今、海老屋にお見えになりましたことは、所司代の御偉方様たちは承知していなさるので御座いましょうか」

「その点は心配ない。いまごろ京都東町奉行宮崎若狭守重成様が、所司代永井伊賀守尚庸様と会って、本日只今の私の動きの重要さについて説明なさっておられる筈(はず)だ」

「左様で御座いましたか。では、お話し申し上げます」

「頼む」

「ローズ・ワルデナールは商館長(カピタン)の女でした」

「なんと、情婦」

「と申しましてもローズ・ワルデナールも野河輝長様も若い頃の話なので御座いますが」

「所司代の侍とオランダ商館長の女が共に若かりし頃、この京で出会って激しく火が点いたと申すのか?」

「その通りで御座います。野河輝長様が若い頃から大変に優れた人物であったことは、常森様のお耳には入っているでしょうか」

「うむ。小野派一刀流の皆伝者であり、非常に仕事の出来る美男子であったということは昨夜、御奉行から聞かされたよ」

「加えて阿蘭陀語にも通じておりました」

「え……」

「ローズ・ワルデナールと男女の関係になってからの野河様は、高齢で江戸番通詞（通訳）の職を辞しひとり京住まいを始められた福矢京助（ふくやきょうすけ）という立派な先生に師事して、たちまち不自由なく会話が出来るまでになられたのです」

「それは凄（すご）いではないか。西の幕府と言われている所司代の職務にも大層役立とうと言うものだ。で、福矢京助先生の御住居（おすまい）は？」

「もう八、九年も前に、生前の野河様らに見守られお亡くなりになりました。なにしろ九十を過ぎる御年でしたから」

「そうか」

「ちょっとお待ちくださいましよ常森様」

村上文之助はそう言うと、「よっこらしょ」と言った感じで腰を上げ、襖で仕切られた隣の座敷へ入っていった。

何かを探しているらしいガサゴソという音を聞きながら、常森源治郎は庭に目をやった。

ここの庭も、紅葉が見事であった。赤く熟した幾千幾万の葉のなかに、黄色く熟した美しい一群があって、ようく見るとその中に黄色い小さな渋柿が無数と言ってよいほど鈴鳴りだった。小さな実だから、離れてながめるとモミジと見分けがつかない。

「いい秋だ……」

常森が呟いたとき、村上文之助が一冊の書き付けを手に、戻ってきた。

「ございました、ございました。この書き付けは常森様、阿蘭陀商館が平戸から長崎の出島に移転後、最初の参府でカピタン一行が京・大坂に泊まった時の記録でございましてね」

「出島へ移転後の最初の参府と言えば……」

「寛永十八年（一六四一年）でございますよ。一行が大坂へ着いたのは十二月二十四日。慣例通り私は無事到着お祝いのため所司代の与力同心に従いまして大坂入り致し、あわせて一行の京都宿泊の下準備などを整えました。ともかく、これ、ここのところを御目通しくださいまし」

「どれどれ……」

常森は、書き付けに目を通した。そして、驚いた。

「なんと、このときに京より大坂へ出向いた所司代の責任者が、野河輝長様であったのか」

「左様でございます。当時はまだ筆頭与力には就いておられませんでしたが、所司代与力三十騎、同心百人の大世帯の中でも、群を抜いて仕事のできる目立ったお方でございました」

「すると野河様とローズ・ワルデナールとの出会いは……」

「はい。この時です。ローズ・ワルデナールはカピタンの女ではありますが、それはそれは知性と気高いほどの美しさに恵まれた公家の姫君のような女性(にょしょう)でありまして」

「ふうん……で、相思相愛の仲となった二人はどうなったのだえ。まさか将来性ある所司代きっての優秀な与力と異人女が一つ屋根の下で暮らせる訳もないしな」

「それが常森様」

「ん？」

「とんでもない事になってしまったのでございますよ」

「何がだ」

「カピタン一行は大坂と京都であわせて十三泊致しましたが、その間、密会を重ねて狂ったように燃えあがったのは、野河様よりもむしろローズ・ワルデナールの方でありまして」

「そのようなことを何故、海老屋文之助は知っているのだえ？」

「は、はあ……あの」

「お前さん、密会の手引をなすったね」

「も、申し訳ありません。二人とも余りにも真剣でありましたので」

「それで二人は？」

「ローズ・ワルデナールが京発ちの前夜に、突然消えてしまったのでございます」

「なに」

「消えてしまったのでございますよ」

「まさか、お前さんの手引じゃあ……」

「それは少し違います。私の手引で姿を消した訳ではありません。野河様と別れるのがいやでいやで、自分の強い意思で姿を消したのだと思ってくださりませ」

「野河様が、暫く何処かへ隠れておれ、とそそのかした疑いは？」

「当時の野河様の御様子から見て、そそのかした可能性はほとんどございませんﾝ」

「所司代もカピタン一行も大騒ぎとなったろう」

「いえ。べつだんの騒ぎにもならず、江戸参府の全てが予定通りに進んで終りました」

「ほう」

「カピタンも自分の色女が行方をくらましたと知っても、穏やかなものでした。そのようなことで今この国で騒ぎ立てれば貿易で身を立てている自分の得にはならない、という計算が働いたのでありましょう」

「なるほど。その計算は正しかったかも知れぬな。所司代としてもいたずらに騒ぎ立てると監理監督上の責任問題になってくる。しかし海老屋文之助、女は一体どこへ消えてしまったと言うのだ」

「そ、それは……あのう」

「お前さんは嘘も卜ボケも上手くはないな。唇のうろたえや目つきが、はい知っております、と言っておるわ」

「恐れ入ります。常森様は〝検視の源治〟と高く評価されている御方。その御方に、唇や目つきの不自然さを突かれまするど、たとえトボケてもトボケにはなりますまいねえ」

「なあに。お前さんは根っからの正直者なんだ。さ、言ってしまいな。ローズ・ワルデナールは、野河様殺害に走る迄の長い間、何処に隠れ棲んでいたんだ」

常森源治郎は、海老屋文之助の顔を静かな眼差しで見つめた。

二

医師順庵宅を出た若手同心横倉直政は、人あふれた通りを北に向かって走った。祈りながら見守っていた目明しの得次が意識を覚醒（かくせい）させ、横倉直政と目を見合わせて「また会えましたね横倉の旦那」と笑ったのだ。

それは得次を見舞った常森源治郎が順庵宅を出て、暫く経ってからのことだった。得次の意識が戻ったなら心配なさっている御奉行に一番に知らせるように、と常森から指示を受けていた横倉直政である。

人をかき分けるようにして懸命に走る同心の背中を、通りを往き交う町衆たちは不安気に見送った。また事件か、とでも思ったのであろう。

東西に走る四条通、錦小路通、蛸薬師（たこやくし）通、誓願寺通（現、六角通）を横切るかたちで走り抜けた若い横倉直政は、直ぐ先左手の曇華院（どんげいん）の広大な境内へ入っていった。

この境内を抜ければ姉小路通であり、それを西へ四分の一里ほど行けば東町奉行所である。

境内にはよく育った椎がびっしりと繁茂し、重なり合った枝々の下はほとんど日差しの通らぬ薄暗さであった。京の寺には珍しく、一本の紅葉もない。

境内では直政は走るのをやめ、早足となった。実はこの境内の西詰にある墓所には、横倉家先祖代々の墓があった。ここは横倉家の菩提寺なのだ。

しかし直政は墓所の入口に差しかかっても、歩みを止めなかった。彼の祖父母はすでに鬼籍に入っていたが、両親と弟二人は健在であったから、彼にとって今ここで墓所へ入っていく必要性は薄かった。

先ずは目明しの得次が覚醒したことを、奉行に報告することを急ぎたかった。

ところが――彼の足が墓所入口を少し過ぎたところで止まった。

いや、止まらざるを得ない事情にぶつかっていた。行く手を塞ぐかたちで――直政には少なくとも、そう見えた――茶褐色の髪、碧眼、色白の肌の長身の浪人態が立っていたのだ。

直政が、はじめて見る相手だった。異様な人物に見えたが、紺の着流しの浪人ぶりが長身に実に綺麗に似合っていた。

松平政宗とやり合う寸前までいった、あの男だ。だが違っている点が一つあった。今日の男の腰にあるのは洋剣ではなく、大小の刀である。それに男は、柄杓の入った空桶を左手に下げていた。誰かの墓へでも参ろうとするところであったのだろうか。

その彼が、桶を足元に置いて、左手をゆっくりと鯉口へ持っていった。

横倉同心は一歩退がった。ときに常森源治郎から「もっと機転のきく男になれ」と叱られることのある若い彼であったが、二条城の南、壬生村（現、中京区壬生）の無想一刀流道場へ通い続けて十年余になり、「その実力は相当なもの」と亡き岸野長行から評されていた。

浪人態が口を開いた。

「お前、町奉行所の同心だな」

「いかにも。それがどうした」

「同心は臭うわ。くさい」

「ほう。くさい心を持った奴には、そう臭うか」

「ふん」

「役目によって訊ねる。貴様、名は何という。住居は？」

「まもなく死ぬ奴が、そのようなことを知ってどうする」

「なにい」

横倉が身構え、碧眼の浪人態がするりと大刀を滑らせて、下段に構えた。

横倉も抜刀し、正眼の構えを取った。無想一刀流の免許皆伝の日は遠くない、と自負している彼だった。表情に自信が漲っていた。長身の相手であったが、横倉も決して小柄ではなかったから、背丈の差で威圧されることはなかった。

と、浪人態が薄笑いをして白い歯を覗かせた。気味悪いほど真っ白な歯だった。

横倉は、動じなかった。彼の剣が正眼からゆっくりと下段へ移って、二人の男は全く同じ構えで対峙した。

「妻子はいるのか」

浪人態が訊ねたが、横倉は答えなかった。自刀の切っ先に全神経を集中させていた。ひとたび剣を抜き放てば終始無言たるべしこと、それが無想一刀流の基本理念だった。「斬る」ことさえ考えてはならなかった。意思で斬るのではなく〝無想の中〟で斬る、師からそう教えられてきた横倉同心だ。

突如、シュッという空気を裂く音がした。まったく突然に生じたその音――刃――が自分の胸に向かってくるのを感じた横倉は、本能的反射的に上体を横に開いた。

目の前一尺ほどのところを、一条の閃光(せんこう)が走り、そして退がった。視認できた訳ではなかった。一瞬そう感じただけだった。

しかし横倉は、相手の刃が〝退がった〟瞬間に合わせ、鋭く斬り込んでいた。

右小手を狙(ねら)った一撃を、かろうじて鍔(つば)で受け払った浪人態の顔つきが「お……」と変わった。

横倉は寸陰を惜しんで、右の小手、小手、小手と三撃を打ち込んだ。相手の閃光のような剣の走りを抑えるには右の小手を潰(つぶ)すしかない、という計算が無想の中で本能的に働いていた。

けれども同じ太刀筋で四撃も打ち込んだところに、彼の若さ、機転の不足があった。

彼は五撃目も、相手の小手に斬り込んだ。

「むんっ」

低いが、気迫をほとばしらせた入魂の若い気合だった。四撃目までと同じように相手の右側から回り込んだ横倉の剣先が小手を抉るかと見えたとき、相手の光と見紛う凄まじい速さの突きが再び横倉の胸に襲いかかった。

相手の太刀を右胸に浴びた大衝撃で、横倉の体が後ろへ吹き飛び、そのために相手の剣が胸から抜けるかたちとなって傷口から鮮血が噴き放たれた。

「あああ……」

へたり込んだ横倉が、己れが胸を見つめながら、絶望的な呻きを張り上げる。

しかし、それも長くは続かなかった。

彼は目を見開いたまま、左手で虚空を摑みつつ、ゆるやかに仰向けとなった。

碧眼の浪人態は、刀を鞘に納めると、何事もなかったかのように手桶を手にして墓所へと入っていった。

「うむ」

横倉には、まだ息があった。彼は仰向けの血まみれの体を、もがきながら横にすると「御奉行……得次が……」と最期の呟きを残した。

まるでそれを待っていたかのように、静まり返っていた境内で秋鶯がひと声鳴いた。

三

「ここで御座います」と海老屋文之助は、直ぐ背後にいる常森源治郎を振り向いた。二人の目の前にごく小さな山門があって、優しい字体で尼窓院と彫られた白文字の額が、左右の門柱に渡して掲げられていた。

尼寺であった。通称「花の寺」で特に京都の下層の貧しい人々に知られていた。お年寄たちの中には、「施楽院様」と呼んで崇める者も少なくない。

尼僧たちは、寺院裏の丘の緩やかな斜面をたがやして薬草を栽培し、貧しい人々から求められると惜し気もなく分け与えた。

春には桜、初夏には紫陽花（あじさい）が境内に見事に咲き誇る。

「思いがけない所に隠れ棲（す）まわせたな海老屋。所司代屋敷や町奉行所から一里（約四キロメートル）と離れていないではないか。足元こそ暗し、を狙ったな」

「申し訳ございません」

「参ろうか」

常森は山門を顎の先でしゃくった。五畿内及び近江、丹波、播磨の寺社を支配下に置く京都町奉行所は、したがって詮議のために立ち入ることの権限を有している。寺社奉行の権力が強固な江戸の町奉行とは、このあたりが違った。

「苫を背負う女はいつでも入れるように、と潜り戸は閂を開けておりますので」

五段の石段を上がった海老屋文之助が潜り戸を手で押した。

確かに潜り戸は、閉ざされてはいなかった。鈍い軋みを立てて開いた潜り戸を二人は背をかがめて潜った。

白い玉砂利の道が正面の本堂に向かって続いている。

が、山門の内側直ぐのところに、いかなる理由があろうとも男の立ち入りを禁ず、を意味する言葉が彫られた人の背丈ほどもある石柱が立っていた。石柱が山門の外側ではなく内側にあるところが、この尼寺の優しさなのであろうか。

「この玉砂利は、足音を大きくして、人の来訪を庫裏に伝えます」

「なるほど」

常森にとっては、はじめて訪ねる花の寺「尼窓院」であった。

二人が玉砂利の道を歩くと、なるほど大きな足音がして、ほどなく本堂横の庫裏らしき建物から一人の尼僧が現われた。小柄で老いたひとだった。

海老屋文之助が歩を進めつつ頭を下げると、尼僧もしとやかにそれに応じた。常森の着ているものは、ひと目で町方同心と判るものだったが、尼僧はべつだん驚いてはいなかった。

俗界の二人と老尼僧は庫裏の前で向き合った。

「庵主さま……」と阿蘭陀宿の当主村上文之助が、声を詰まらせた。

「よろしいのですよ文之助殿。とうとうこの日が参ったのですね」

「全ての責任は、この私にございます」

「責任は御仏が負ってくださりましょう。さ、お役人様、どうぞ庫裏の方へ……」

と、そこで庵主は常森と目を合わせ、微笑んだ。

「あ、わたくし京都東町奉行所の……」

「まあまあ、ともかく庫裏にて白湯などを一服なされませ」

身分を明かそうとした常森源治郎を、庵主はさらりと躱して背を向け、ゆるゆるとした動きで庫裏に入った。

常森と村上文之助は何気なく顔を見合わせてから、老尼僧の後に従った。

「男様を御二人、お通し致します」

老尼僧は上がり框の手前で、澄んだ声で奥へ告げた。

返事のかわりに、奥から人の気配がかすかに伝わってきた。尼僧たちの気配なのであろう。

「さ、どうぞ……」と庵主が笑みで促した。

常森と海老屋文之助は奥座敷へ通された。質素な座敷であったが、縁側の向こうの庭は手入れが行き届いていて、薬草と思われるものが一面青々とした葉を繁らせていた。

武家の出ではないか、という雰囲気の上品な中年の尼僧が白湯を運んで来て去っていくと、三人の間でようやく話が始まった。白湯が運ばれてくるまでは、庵主は物静かで涼し気なまなざしで庭先を眺め、一言もなかった。

常森は身分姓名を明かした。

老尼僧も「春が栄える……春栄と申しまする」と頭を下げた。

そして春栄尼は自ら語り始めた。淡々とした口調であった。

「いつかは御役人様が訪ねて参られるであろうと、覚悟は致しておりました。文之助殿と御一緒に見えられたということは、ローズ・ワルデナールに関してでござりましょう」

「はい」と常森は頷いた。

「京都所司代与力野河輝長様が、自分の出世のために有力者の娘を妻に迎えられたとき、野河様と深い仲にあったローズ・ワルデナールのおなかには、すでにやゝが宿っておりました。野河様に捨てられた彼女の悲しみが余りにも尋常ではなかったことから、文之助殿がこの尼窓院へ彼女を連れて参ったのでございます」

「ローズ・ワルデナールは、江戸参府のため京都を発つ直前に、行方を絶ったと海老屋文之助から聞いておりますが」

「この尼僧院からほど近い所に、手広く薬草を栽培している小高い丘がございます。近在の農家に手伝って戴くなどして栽培しているのですけれども、その丘の上に番小屋がございまして、文之助殿はそこへローズ・ワルデナールをかくまいました。この段階では尼窓院としては、見て見ぬ振り、を決め込んでいたのでございます」

「左様でしたか」

「とは申せ、時には茶菓や果物、雑炊などを届けたり致しました。なかなかに知性豊かな、それでいて控え目な女性(ひと)でした。この国の言葉を覚えるのも、早うございましたね」

「ローズ・ワルデナールが産んだ子供について、お聞かせください」

「男の御子(おこ)でした。十歳までは母親と共に、この尼窓院でひっそりと隠れ育ちましてね。そのあとは大徳寺の北、大宮村にある心形無刀流道場に預けられて修業に打ち込み、二十四歳で突然道場を出て、その後行方は判っておりませぬ」

「と言うことは、母親と往き来のない時期が、かなりあったと?」

「密かな往き来はあったのではないか、と尼窓院では思っておりますが……」

「彼の現在の居場所の見当はつきませぬか春栄尼様」

「はあ……それは」

「見当がついているなら教えてくだされ。実を申せば彼は幾人もの人間を、あやめているかも知れないのです」

「なんと……それは一体どういうことです？」

「いま、この京都で騒がれ恐れられております連続殺人事件。それとの深いかかわりが疑われております」

「あの恐ろしい事件と……まことでございますか」

「はい」

「それは余りにも悲し過ぎます……素直で可愛かったあの子がそのような事件を……」

春栄尼は目を閉じて合掌した。苦し気であった。大きな衝撃を受けたようであった。

「彼は何処にいると思われますか。どうか教えてくだされ」

「あの子は父親の愛を知らずに淋しく育ちました。私は一度だけですけれど、あの子が高野川の河原で大勢の子供たちと雑炊を食べているのを遠くから見かけたことがあります」

「高野川の河原で子供と？」

高野川は京都の北部天ヶ岳山麓に水源を有し、岩倉川、音羽川を併合して下鴨

（叡山電鉄出町柳駅あたり）で鴨川と合流していた。

この高野川の河原は、夜鷹（娼婦）の子供たちが日が落ちると群れを成して一つの共同体をつくり生活していることで知られている。春を売って生活の糧としている夜鷹たちには、子持ちが少なくない。日が落ちる前から客を引きに出かける母親から取り残された子供たちは、いつしか群れて助け合うことを身に付けていた。か弱い一人一人の力を群れることで補っているのだ。

その群れる子供たちがいる高野川の河原に、彼はいるらしいという。

「彼の名を教えてください。名付親は誰なのでしょうか」

「子供の頃、尼窓院ではロデルと呼んでおりました。生みの親がそう名付けましたので、私共はこの国の男児にみられる名をあえて付けませなんだ。でも、ロデルの名にふさわしい、優しい気立のまるでそよ風のような子でした。心形無刀流道場に預けられてからは、恩師の斉藤弁四郎先生に大宮窓四郎と名付けられました」

「大宮窓四郎……」

「窓四郎の窓は、尼窓院の窓でございます」

「なるほど……そして恩師の四郎を戴いたのですな」

「はい」

小さく頷いた春栄尼の両目から、はらりと涙がこぼれ落ちた。

四

尼窓院を出た常森は海老屋文之助と別れて、奉行宮崎重成に報告のため奉行所へ急いだ。

高野川の河原へ出かけるのは、奉行への報告を済ませ、日が落ちてからと考えていた。

彼は、できれば松平政宗に同道を依頼したい、と思っている。

理由はあった。大宮窓四郎と対峙したときの松平政宗の、完璧に見えた優美な正眼の構えであった。流派は判らなかったが、あれは免許皆伝どころの腕ではない、という気がした。

町方同心、小者を大勢引き連れてどやどやと高野川の河原へ向かうよりも、松平政宗と二人で密かに出向く方が上手くいくのでは、と思ったりした。

いや、松平政宗の腕にすがりたい、というのが本心であった。なにしろ大宮窓四郎は、田宮流居合術の達人として知られた岸野長行を倒しているのだ。

いずれにしろ、松平政宗と二人で出かけるには、奉行宮崎の了承を事前に得る必要があった。

向こうに東町奉行所が見えてきた。

常森は、ふと足を止めた。なんだか不快なものが、脳裏をかすめた。

（なんだ、この気分の悪さは……）と、眉(まゆ)をひそめた彼は小走りに奉行所へ向かった。

と、奉行所の四脚門から一人の同心が飛び出してきた。若手同心藤浦兵介だと、常森には判った。

藤浦兵介も常森に気付いた。

一層のこと小走りを強めた常森目指して、藤浦兵介は駆けつけた。

「常森……常森さん」と、藤浦兵介の血相は変わっていた。息が荒い。

「どうした兵介。何かあったのか」

「直政が……横倉が曇華院の境内で殺られました」

「なにいっ」

大きく目をむいた常森は、一瞬だが、気が遠くなった。この二年間、それほど可愛がり教育してきた横倉と藤浦であった。いわば愛弟子だった。

藤浦兵介は早口で喋り出したが、常森の耳にはほとんど入っていなかった。

彼は目をむいた顔つきのまま奉行所内の剣術道場へ向かった。任務などで殉職した者の亡骸は、いったん剣術道場へ安置する習慣となっている。

横倉直政の遺体は、数人の同心に囲まれ、彼等はやって来た常森のために場所をあけた。沈痛な雰囲気だった。

常森は遺体のそばに、茫然と立った。言葉がなかった。横倉の死が、信じられなかった。「なぜお前が……」と思った。将来性のある同心だった。

藤浦兵介が「下手人は判っておりませんし、今のところ目撃者も見つかっていません」と呟きながら、遺体の顔にかかった白布をそっと取った。意外に穏やかな死顔だった。

「兵介、現場はどこだ?」

常森は藤浦兵介に訊ねた。

「さきほど申し上げましたように、曇華院の境内です」

「境内のどのあたりだ」

「ちょうど墓所入口の前で、寺の小僧に見つけられました」

「墓所入口の前？」

「曇華院は、横倉家の菩提寺だと、直政から聞かされたことがあります」

「だから曇華院へ立ち寄った訳でもあるまい。医師順庵宅から奉行所への近道を考えれば、曇華院の境内を通り抜けることは充分に考えられる。直政はきっと得次の容態を報告するために奉行所へ来ようとしていたのだ」

「私もそう思いまして、いま順庵先生宅へ小者を走らせております」

「御奉行は？」

「つい先程まで、この場にいらっしゃいましたが、横倉の御両親へは自分が知らせると言われて出ていかれました」

「そうか……つらい報告になるな」

常森はようやく遺体のそばに、腰を下ろした。検視の源治、の目つきになっていた。

「こりゃあ刀による刺し傷だな兵介」

「はい。これまでの連続殺人の刺し傷とは、明らかに形状が違っているように思われます」

「直政の刀は？」

「刃の先端に近い方に、小さな刃毀れが三つばかり」

「先端近くにか……相手の小手を狙って切り込み鍔で受け払われたのだろうか」

「私もそう見ました」

「それにしてもこの刺し傷は……無想一刀流をやる直政を、ほとんど一撃で倒したと見てよい程の凄い傷だな」

「はい。刃は背中を突き抜けています」

「うむう」

常森は、致命傷は確かに刀傷だが肉体を刺し開いているこの突きの激しさはこれまでの連続殺人と似ている、と思った。

そこへ、順庵宅へ走った若い小者が、息せき切って駈け戻ってきた。

「どうであった」と、藤浦兵介が声を掛けた。

「はい。得次さんが意識を取り戻し、順庵先生と話を交わしていました」

「おう、意識が回復したか。よかった」

沈痛な場に、一条の光が差し込んだ。

常森は天井を見上げて大きな息を一つ吐き、目を閉じた。直政を失ったのはこの上もなく辛かったが、得次の意識回復は彼に気力を与えた。

「直政はきっと、得次の意識回復を奉行所に知らせようとしたのですね常森さん」

「うん。それに違いあるまい」

常森はあとのことを藤浦兵介に任せて、奉行所を出た。行かねばならぬ先は、決まっていた。あの御方の所以外は考えられない、と思った。

途中、彼は曇華院へ立ち寄った。墓所入口の前に立ったが、すでに寺の手によって綺麗に清められていて、惨劇の痕跡は消えていた。

「あやつだ。あやつは此処にいた」

呟いた常森は、しかし首を少しかしげた。異人の血が流れる大宮窓四郎は何故、このような場にいたのか、と考えた。横倉直政が、ここを通るであろうことが大宮窓四郎に事前に判る筈もない。

「二人はここで偶然に出会った……」

常森は、考えをそう結んだ。そしてハッとなった。京都所司代筆頭与力野河輝長を殺害したローズ・ワルデナールの〝その後〟を、春栄尼に訊くのを忘れていることに気付いたのだ。

与力野河輝長を殺害したローズ・ワルデナールは、野河の配下の同心二人にその場で重傷を負わされたあと、自害している。

問題は自害したローズ・ワルデナールの亡骸が、その後誰に引き取られ、どうなったかである。

「もしや……」と彼は、墓所の奥に目をやった。

だが彼は墓所へは立ち入らず、踵(きびす)を返して庫裏へ向かい、身分素姓を明かして住職に面会を申し込んだ。

境内で東町奉行所の同心が殺害された直後である。庫裏玄関で応じた老住職は硬く厳しい表情で、常森を庫裏の一室へ通した。むろん共に初対面であった。

「このたびは、わが東町奉行所同心の血で神聖なる境内を汚しましたること、深くお詫び申し上げます。御奉行も追って訪ねて参られようかと存じまする」

常森は丁重に頭を下げた。

「いやいや、お気になさいまするな。所司代、町方は毎日命をかけて京の安全を護っていなさるのじゃ。亡くなられた御若い同心が、お気の毒と言うほかありませぬ」

老住職はそう言いつつ合掌した。

「下手人らしき者の声、姿など、この寺の誰の耳、目にも触れなかったのでござりましょうか」

「はい。誰も全く気付かぬうちの惨劇だったようで」

「左様で御座いますか」

「東町奉行所には〝検視の源治〟の異名を取る大層に優れた同心がいると聞いたことが御座いますが、もしや、そこもと常森源治郎殿のことでござろうか」

「はあ。誰が言い出したものか、どうやらそのように言われておりますようで」

常森はチラリと苦笑を漏らしたが、直ぐに真顔に戻った。

「実は御住職に是非ともお訊ね致したきことが御座います」

「なんなりと」

「墓所前でわが東町奉行所同心を殺害したる下手人について、私にはいささか心当たりが御座います。その下手人の母親というのはすでに亡くなっており、名をローズ・ワルデナールと申す阿蘭陀女でありまして」

「なんと、ローズ・ワルデナール」

驚いた表情を見せた老住職ではあったが、言葉の響きは静かであった。

「やはりローズ・ワルデナールを御存知のようですね。もしやこの曇華院の墓所に彼女の亡骸が眠っているのでは御座いますまいか」

「はい。おっしゃるように、尼窓院の春栄尼殿より依頼され、墓所の東の角に小さな墓碑を立てて御座います」

「御住職は川原町通三条下ルに在る阿蘭陀宿というのを、御存知ですか」

「存じておりますとも。そこの主人村上文之助殿が、春栄尼殿と私との間を取り持ったような訳でしてな」

あいつめ、と常森は思った。そのようなことは一言も口にしなかった海老屋文之助だった。常森の問いには協力するが、訊かれないことまでは喋らない、という積もりなのであろうか。

だがここにきて、常森の脳裏に不意にひらめいたものがあった。

「御住職。その墓所には、もしや所司代筆頭与力であった野河輝長様の墓があるのでは」

「その通り、ここは野河家の菩提寺で御座いまする」

「やはりそうでしたか。付け加えて申せば、墓所前で殺害されし町方同心の名は横倉直政。横倉家もここが菩提寺」

「えっ、あの横倉家の……」

これには老住職も相当に驚いたのか、思わず背中を反らせた。

「御住職。野河家の墓の位置を教えてくだされ」

「西の角近くに……参られれば直ぐにそれと判ります」

「ご免……」

常森は脇に置いてあった大刀をわし摑みにして立ち上がると、座敷を飛び出した。

大宮窓四郎の父と母の墓が、この寺にあった。そして、ここを菩提寺とする横倉直政が、その墓所の前で惨殺された。

「なんてえことだ」

吐き捨てるように呟いて、常森は墓所へと走った。

墓所の西の角近くに、確かに野河家先祖代々の墓があった。そしてその墓石には水で清められた痕（あと）があり、白い野菊が三本供えられていた。

「大宮窓四郎は父の墓前に訪れた」と、常森は確信した。野菊の花三本は、自分と父と母ローズ・ワルデナールを意味するのであろうか。

次に常森は、墓所の東の角へ移った。この区画は由緒ある家の大きな墓が多く、ローズ・ワルデナールの墓石を探すのにひどく手間取った。

だが見つかった。大きな墓の背後に隠れるようにして、小さな小さな墓碑が苔（こけ）むしてあった。銅製の花立てが半ば土に埋められてあって、矢張りそれに白い野菊が三本供えられていた。

実の父と母に対する大宮窓四郎の心情が、常森の胸にひしひしと伝わってきた。だが彼は凶悪者かも知れないのだ。

常森は次の手を打つために、曇華院をあとにした。横倉家の墓前で頭を下げるのは、全てが解決してから、と自分に言い聞かせた。

第四章

一

血を流したような夕焼けの訪れだった。山も川も家々も朱色に染まった。野鳥の群れが塒(ねぐら)へと帰ってゆき、朱色の空は勢いをつけて暗くなっていった。

高野川の土手に人の姿が二つあって、身じろぎもせずに河原を眺めている。松平政宗と常森源治郎であった。曇華院から一度奉行所に戻った常森は、奉行の許諾を得て松平政宗と会ったのだった。

「こうして眺めますと、自然というものは誠に大きくて美しゅうございますな若様」

「うむ」

「その美しい自然に抱かれている筈(はず)の人間だけが、なぜか凶悪な事件を起こしまする」

「まことに」

「わたくし常森源治郎は、若様のことをもっと詳しく知りたいと思っております。

率直にお訊きすることを、お許しくださいましょうか」

「遠慮なく……」

「あの紅葉の美しい御屋敷に、若様は御一人でお暮らしなのでございましょうか。女中下僕などの使用人は別と致しまして」

「私の肉親について知りたいのですか」

「は、はあ。申し訳ありません。い、いや。是非ともという訳ではございませぬので」

「私はあの紅葉屋敷に、母と二人で棲んでいます」

「左様でございましたか」

「どうせ父親のことについても、知りたいのであろう」

「滅相も……」

「わが父は御所に御座す。それ以上のことは言えませぬ」

「御所……」

常森は、そうであったか、と思った。宮中にて**参議**（太政官第四位）だの**大監物**（中務省政務官第三位）だの**勘解由**（不正監察）**長官**といった要職に就き、多忙で滅多に紅葉屋敷へ戻ってくることはないのだろう、と解釈したのだ。

しかし、**この解釈が大変な誤りであったと、常森は後日知ることとなる。**

朝廷はいま、**霊元天皇**（れいげん）（在位一六六三年～一六八七年）の時代であった。**後水尾天皇**（ごみずのお）（現・法皇）の第十九皇子である彼の資性は英邁剛毅（えいまいごうき）で、江戸幕府の朝廷政策を「はいはい」と何でもかんでも簡単に受け入れるような人物ではなかった。反幕的というよりは、自分の主張したいことを恐れることなく幕府に伝える姿勢を失わず、一方で文芸などの才能が豊かで有職故実（ゆうそくこじつ）（朝廷・公家の古来の諸様式を研究する学問）にも長（た）けていた。

「日がすっかり山の向こうに沈みました」

常森が言った。二人の周囲（まわり）が急に暗くなり出した。

と、何処から現われたのか高野川の河原に、子供たちが次第に集まり出した。

それが約束ごとでもあるかのように、十人くらいの集まりの輪が五つ六つできて、その輪の中で焚火（たきび）がたちまち炎（ひ）を上げた。

「あれが夜鷹（よたか）の子供たちのようですよ若様」

「そのようですね。それにしても、規律のとれた動きを見せたではないか。集まり出してから焚火の炎が上がる迄の動きに、全く無駄がない」

「私もそのように見ました」

「あの動きは、子供たちが自然に身につけた動きではありませぬな」

「誰か……大人に指導された動き、でございましょうか」

「大宮窓四郎かも知れぬ。指導者は」

「あ、若様、あそこ……どうやら、その窓四郎のようです」

常森は薄暗い彼方を指差して見せた。土手の上から靄（もや）が這（は）い出した河原へ、かろうじて男と判る人の姿がゆっくりと下りていく。

常森は、十手を手に取った。剣術には自信がなかった。だから事件に対しては刀の鞘（さや）を払うよりも、十手で立ち向かうことを常としていた。十手の稽古（けいこ）は若い頃から充分に積んでいる。

土手から下りたそいつは、子供たちの輪の一つに入った。その入り方にも、迎えられ方にも、なんら不自然さはなかった。双方長い交流が感じられた。

焚火の赤い火が、そいつを大宮窓四郎であると判らせた。

彼は子供たちと語った。何を語り合っているのか、子供たちの間に笑い声が広がった。

「参りましょうか若様」

「いや、もう暫くここで様子を見ましょう」

「ですが……」

「仲間の同心が殺された常森さんの怒りは判りますが、下手人がどういう人間かを観察することも大事です」

「は、はあ……」

「ましてや大宮窓四郎とやらは、複雑な事情を背負って育ってきた人間ではないか」

「それはそうですが……」

「その彼が、ああして貧しい身なりの子供たちと、楽し気に語り合っている。子供たちも、彼に甘えるようにして話しかけている。あの光景から、同心として得るものは少なくない筈ですがね常森さん」

「判りました。若様のお言葉に従います」

常森源治郎は頷いた。松平政宗の力を借りるつもりで、全ての情報を打ち明けて、ここまで同道して貰ったのである。自分の考えに固執するつもりなど毛頭なかった。

二人の、窓四郎観察が、続いた。

窓四郎は子供たちの輪の一つ一つに、順に入っていった。そして、その輪では必ず明るい笑いが生じた。真剣に語り合う場面もあった。そういう場合、窓四郎は身ぶり手ぶりを加えて話した。

「あの大宮窓四郎は、夜鷹の子供たちに、自分の幼なかった頃を重ねているのでしょうかね若様」

「そうかも知れぬな」

「こうして眺めていると、とても連続殺人事件の下手人とは思えませぬが」

「それが判れば、彼を観察した甲斐があった、というものです」

「も、申し訳ありませぬ」

「だがな、彼は生半な奴ではないと見た。すでに我々の存在に気付いていながら、そのような素振りを全く表に出しておらぬ」

「え……」

常森は秀麗な松平政宗の横顔に目をやり、その目を焚火の炎で顔を朱に染めている窓四郎へ戻した。

「奴は我々に気付いている、と若様は御覧になりましたか」

「子供たちと話す笑顔が、余りにも楽しそうに過ぎる」

「なるほど、そう言えば……」

「あの笑顔は、我々に見せつけている笑顔ですよ」

松平政宗は、静かに言い切った。凶悪な殺人者かも知れぬ男を目の前に見ながらも微塵も力まず、気品ある女性のような美しさには一翳りもない。

常森は、また松平政宗の横顔に目をやって、（まるで白百合のごとし）と思った。

と、子供たちの輪の中で、窓四郎がすっくと立ち上がった。焚火の炎が窓四郎の朱に染まった顔の中で揺れている。

その顔が、まっすぐこちらに向けられていた。

「いよいよ、その時が訪れたようですよ常森さん」

「若様。その、常森さん、はおよしになってくださいまし」

「どうしてです」

「どうしてって……常森と呼んでくださった方が」

「では、源さん、でどうだろう」

「んまあ……それでも結構でございますけれども」

「よし、源さん、でいこう」

「若様。窓四郎が土手を斜めに上がり始めました。まるで、ついて来い、とでも言っているかのような後ろ姿に見えますが」

「うん」

松平政宗と常森源治郎は歩き出した。いつのまにか夕焼け空は闇色の空に変わっていた。その闇色の空に月はあったのだが、薄い雲の広がりが皓皓たる月光を地上に降らせなかった。

「若様、お足元にお気を付けくださいまし」

「大丈夫です」

懐手でゆっくりと歩く松平政宗に、半歩遅れて常森は従った。

窓四郎は一体どこへ行こうとするのか、土手を反対側へ下り、真っ闇な畑地の中の一本道を西へ向かった。その先には賀茂御祖神社（世界遺産・下鴨神社）の広大な森（糺の森）の広がりがあるのだが、宵色に溶け込んでしまって余り見分けがつかない。

「源さん……」と、松平政宗が小声を出した。

「はい？」

「毎日、京の町を歩き回っている源さんなら判るでしょう。この一本道の先はどの辺りです？」

「賀茂御祖神社の北のはずれの森へ入ってゆきます。森へ入ってほどなく泉川という小川にぶつかり、そこで道は小川に沿って左右に分かれます」

「その神社北側の森の周辺に民家は？」

「百姓家が散在しています。飢饉のとき田畑を捨て土地を離れた百姓もいますので、廃屋も少なくございません」

「うむ」

闇の中での二人の会話は、そこで跡切れた。

賀茂御祖神社（下鴨神社）は、和銅六年（七一三年）の『山城国風土記』逸文に「かもの社は日向の曽の峰に天降った賀茂建角身命（下鴨神社の祭神）という命をまつる神社である」と出ていることから、大層に古い神社である。

「憂き世をば　今ぞ別るる　とどまらむ　名をば糺の　神にまかせて」

政宗が、呟くように口ずさんだ。『源氏物語』須磨の巻で、光源氏が下鴨神社を遥拝して詠んだ歌であった。歌の中にある〝糺〟とは、下鴨神社の森のことを指し、糺の森あるいは単に〝糺〟と称されたりしている。むろん『源氏物語』の時代の糺の森は、常森源治郎が識る今の糺の森よりも、はるかに広大だった。

「こう暗いと、奴の後ろ姿を見失いそうですす若様」

「大丈夫です。私にははっきりと見えている」

常森は首をひねり、舌を巻いた。やはりこの御方は只者ではない、と思った。剣の真髄を極めた者のみが有する、心眼というものであろうか、とも思った。

このとき夜空の薄雲が途切れて、地上に月明かりが降り注いだ。

窓四郎の後ろ姿が、糺の森の中に消えたのは、まさにその瞬間だった。

「我々を森の中へ誘い込む気ですね」

「妙だと思いませぬか源さん」

「妙、と申されますと？」

「我々を相手に切り結ぶ気なら、何も森の中へ誘い込む必要などありますまい」

「それは、そうで御座いますね」

「奴は腕に覚えのある与力同心たちを、ほとんど一撃で倒しているのでしたな」

「左様でございます」

「それほどの剣客なら、わざわざ神聖なる糺の森を舞台に選ばず、田畑の中の一本道で対峙したとてよい筈」

「まことに」

二人は糺の森へ入っていった。森の枝々の間から、無数の月明りが帯となって降り注いでいた。

「奴の姿が見当たりませぬ」

「なあに、この道をゆけば彼に突き当たりましょうよ」

さらりと物静かに言ってのけた、松平政宗であった。

常森源治郎は、〝若様〟の父親が誰であるのか急に気になり出した。「**わが父は御所に御座す**」と言った若様の言葉が、今頃になってズシリと耳の奥にこたえ出した。

「御所に御座す」とは、自分が考えていたよりも深い意味があるのだろうか、と思ったとき、二、三歩前を行く政宗の足が止まった。

せせらぎの音を背に、大宮窓四郎がこちらを向いて、月明りの中に立っていた。

森が広く切れている場所であった。

豊かな月光を浴びて、窓四郎が笑った。夜鷹の子供たちに見せていた笑顔とは、異質であった。不気味さを漂わせている。

「ようやく御出になったか検視の源治殿」

窓四郎の顔から、笑いが消えた。目尻がぐいと吊り上がっていた。

「大宮窓四郎であるな。私のことを知っておるのか」

「これはまた御謙遜を。京のワルで常森源治郎の名を知らぬ者などおりますまい」

窓四郎の視線は、懐手で飄然と立っている松平政宗を捉えておらず、彼より半歩後ろの常森に突き刺さっていた。

「私を見るお前の目は、憎しみの炎を噴き上げておるようだな。それほどに所司代や京都町奉行所の役人が憎いのか窓四郎」

「ふん」

窓四郎は再び歩き出した。

彼は月下の糺の森を北西へ抜けた。そう遠くない彼方に一軒の農家らしきものが見え、明りが漏れていた。窓四郎の足が、そちらへ向かっていく。

「若様。あの百姓家は確か、三月ほど前から空き家になっていた筈です」

「家の中に誰かいるような感じだな」

「窓四郎には仲間がいるのでしょうか」

「彼の着ているものは結構金がかかっていると見た。金に不自由していないとすれば、その金をどこの誰から手に入れていたかです」

「そうですね」

「源さんが打ち明けてくれた阿蘭陀宿の村上文之助という人物はどうかな」

「文之助はあまり金に恵まれておりませぬゆえ、いささか無理でございましょう」

「ならば最近、数を頼りの押し込み事件は？」

「はい。この一年半ばかりの間に、京の有力商人宅へ深夜に六件の押し込みがあり、恥ずかしながらいまだ一件も解決いたしておりませぬ」

「奪われた金子(きんす)は？」

「合わせて四八〇〇両でございます」

「ほう、大きいな」

「はあ。とてつもなく」

「その六件の押し込み事件の犠牲者は幾人です？」

「十八名です」

「なんと残酷な」

「その事件に、若様は窓四郎が絡んでいるとお考えですか」

「絡んでおれば、今夜にも六件の押し込み事件は解決するかも知れぬ」

淡々とした政宗の言葉であった。不思議な御人だ、と常森は思った。若様が喋(しゃべ)れば、全て「そうなる」という気がするのだ。

「ですが若様。十八名の犠牲者には、窓四郎の殺し方の特徴は一件もございませぬ」

「彼ではなく、彼の仲間が殺ったのかも」

「あ、やはり奴はあの百姓家へ入っていきます」

「入ってゆきますね。次は大勢が飛び出してくるのであろうか。そうなれば源さん、あなたは私から遠く離れていなさるように」

「そうは参りませぬ。私は京都町奉行所同心として、若様を護る立場にあるのですから」

「私の動きの妨げになるゆえ、申しているのです。必ず私から遠く離れていなさるように」

「妨げ……でございますか」

「はい。邪魔になります」

「うむむ……判りました。そのように努めまする」

苦虫を嚙み潰したような顔つきになる、常森だった。痩せても枯れても、検視の源治とまで言われている自分だ、という誇りと気負いがあった。同心として、ひと一人を護り切る力量は、己れの肉体のどこからでも出せる、という自信もあった。

彼はまったく気付いていなかった。自分が間もなく衝撃的に過ぎる驚愕の光景を目の当たりにすることに。

二

松平政宗と常森源治郎は、大宮窓四郎が姿を消した月下の百姓家に近付いていった。

「荒れ果ててはいるが、なかなかな規模の百姓家ではありませぬか源さん」

「ええ。ここ下鴨村でも豪農の一人に数えられていた程の百姓でございますから」

「それ程の百姓が、逃げ出すとは……」

「よほど切羽詰まっての事でござりましょう」

「あ、源さんは、この辺りで踏みとどまってください」

「しかし若様」

「さきほど承知してくれましたな」

松平政宗は常森の肩に軽く手を置いてから、静かに離れていった。

百姓家からは、コトリとした音も聞こえてこない。櫺子窓（れんじまど）から明りが漏れてはいるが、屋内の様子を確かめられるほど、櫺子が開いている訳ではなかった。

松平政宗は百姓家の正面におよそ四間（七メートル前後）を置いて立ち止まり、その櫺子窓を見つめた。

背後で突然、野鳥が鋭い囀り（さえずり）を放った。いや、野鳥ではなかった。検視の源治の、見事な指笛であった。

松平政宗は苦笑した。

指笛は効果があった。閉ざされた百姓家の木戸の向こう、土間にざわめきが生じて、それは二人や三人の気配ではなかった。

常森は一気に緊張した。十手を握りしめる掌がたちまち汗ばんでくる。

若様は、と見ると、まだ懐手のままで秋の夜風を楽しんでいるかの如くだった。

そして、木戸が蹴（け）り飛ばされたように乱暴に開けられ、一人……三人……五人と浪人態が次々と月下に現われた。いずれもいかつい体つきの無精髭（ぶしょうひげ）の悪相であった。

常森は、手勢を揃えなかったことを、このときになって後悔した。大宮窓四郎ひとりを相手にすることしか、頭になかった

一番最後に、その大宮窓四郎が姿を見せて、総勢十一名が松平政宗の前で半円を組んだ。やる気だ。

常森はさすがに「十手ではいかぬ」と、刀に持ちかえた。が、若様がまだ懐手のままなので、「これはまずい」と彼はその背に近付くべく一歩を踏み出しかけた。

と「そこにいなさい」と、政宗の声が穏やかに返ってきた。背を向けているのに、まるで見えているかのようであった。

「役目柄、この場にて大宮窓四郎を詮議したいのでありまするが、お宜しいか」

大声を放って常森は、はったと半円陣中央の窓四郎を睨みつけた。

「どうぞ……」と、政宗が応じ、浪人態二、三人がせせら笑った。自分たちを、如何にもいかつく見せようとするかのような、せせら笑いだった。

常森が続けて、朗々たる大声を窓四郎に向けて放った。

「大宮窓四郎に訊ねる。その方、この春から夏にかけての深夜、高倉通の両替商

増田屋、御池通の絹問屋丸美屋、室町通の呉服商加賀屋などを次々と襲い、奉公人を殺(あや)め多額の金子を奪った覚えはないか。在体(ありてい)に返答せい」

「ははあ。返答申し上げまする御役人様」

大宮窓四郎が神妙に頭を下げると、浪人たちが一斉にドッと笑った。

「この大宮窓四郎とその一党、いま御役人様が申されましたように、増田屋、丸美屋、加賀屋などを襲って金子を奪い奉公人を殺めましてございまする。それどころか増田屋の若後家、丸美屋の熟(う)れ女房、加賀屋の嫁などを拙者の腰の下で半狂乱にさせせましてございまする」

またしても浪人たちが大口をあけて笑い、月夜を汚した。

「もういい源さん。それだけ聞けば充分ではないか」

懐から、ようやく両手を出しながら、政宗が言った。背後数間のところにいる常森には見える筈もなかったが、このとき政宗の目は半眼となり、その奥で二つの瞳がギラリと凄(すご)みを見せていた。

「源さん。お白洲で御奉行はこの連中に対しどのような裁断を下すであろうか」

「むろん迷うことなく、磔(はりつけ)獄門でございまする」

「左様か」

松平政宗の右手が左腰の名刀粟田口久国に伸び、ゆるゆると、本当にゆるゆると鞘を払った。

見つめる常森の喉（のど）が、思わずゴクリと鳴る。だが、常森の驚きは、その次にこそあった。松平政宗は右足を左足踵（かかと）の直ぐ後ろに下げ、下段に構えた大刀の切っ先を、左足の爪先の直ぐ前に落としたのである。つまり左足、右足、剣が一本の線上に並ぶ構えであった。

背後の常森から見ると、〝線の構え〟をとった政宗の後ろ姿がさながらスラリとした一本の立ち木に見える。

「なんと美しい構えだ」と、常森は見とれた。足を払われれば横転する危うさはある。だが常森は、「若様の両脚は大地に根を張っている」と見た。

ふわり、と立っているように見えるのに、そう思わせるのだ。

浪人たちの顔から、下卑た笑いが消え去った。政宗の微動だにせぬ構えに、明らかに圧倒されている。

窓四郎が抜刀し、浪人たちが慌て気味にそれに続いて皆が正眼に構えた。

「お前、一体何者だ」

窓四郎が政宗に淀んだ声で問いかけたが、政宗は無言。

「叩っ斬れ」

眉間をぴくつかせて窓四郎がダミ声で命じ、浪人十名の半円が地を滑るように一歩縮まって、足の下がザッと鳴った。

政宗の数間うしろで、常森源治郎も正眼に身構えた。

政宗は全く動かない。絵に描いたような美しい不思議な構えであった。天から地へと流れているように見えるし、後方から前方へと流れているようにも見える。

「むんっ」

政宗の右側から、浪人三人が同時に地を蹴った。殺意を一つに凝固させた激しい躍動だった。三本の剣が政宗の顔面、右肩、左肩へと阿修羅となって降り掛かる。鍛練を積み重ねた尋常でない剣客の計算がうかがえた。

(危ないっ)

常森は叫ぼうとしたが叫べなかった。若様のそばへ行こうとしたが動けなかった。

次の瞬間、彼は我が目を疑った。政宗の体が、相手の剣と一合も打ち合うこともなく、剣と剣の間へするりと吸い込まれたのだ。

「あっ」

常森は、目を見開いた。信じられなかった。

紋白蝶（もんしろちょう）のごとく月下を相手の背後に回り込んだ政宗の剣が、ふわりと舞った。閃光（せんこう）のように鋭く走ったのではない。ふわりと優しく舞ったのである。常森には確かにそう見えた。

ばしっばしっばしっと三度の鈍い音が夜気を揺らせたのは、なんとそのひと呼吸もあとだった。常森は震えあがった。それは長い同心生活で、彼が初めて目撃する激烈な光景だった。

浪人三人の首が、血しぶき一滴散らすことなく、月明りの中を弾け飛んだ。その内の一つが、ドスンと音立てて常森の目の前に落下。ひと転がりしたあと彼をくわっと睨んで、瞼（まぶた）を閉じた。

あとは静寂だった。

八人に減った半円陣は、茫然（ぼうぜん）であった。誰ひとりとして、声を立てない。

いや、大宮窓四郎ひとりが、落ち着き払っているかに見えた。

「お前、一体何者だ。名乗れい」

窓四郎が、再び問いかける。だがこのとき松平政宗は新たな構えを取っていた。二本の足の位置は、最初と同じ〝線の構え〟であったが、剣は右中段に開いている。そして、目は半眼。女性(にょしょう)のごとく美しい表情だった。

しかも浪人たちには全く関心ないのか、一直線に窓四郎を捉えている。

「おのれえっ」

茫然自失の浪人たちの間に、ようやく怒気が甦(よみがえ)った。

常森源治郎には、彼等が決して鍛練不足な連中でないことが判った。「必殺」の憤気が、びりびりと伝わってくる。その炸裂(さくれつ)しそうな憤気を、か弱い紋白蝶のように見えた政宗の剣の舞いが、凄(すさ)まじい光景を叩き出したのであるから、常森の頭は混乱しかけていた。

浪人たちの足が、ザザッと地面を鳴らして砂ぼこりを立て、半円陣が更に縮まる。

「殺れっ」

「おう」

命令と応答が重なって、浪人二人の剣が左右から殴(なぐ)り掛かった。そう、斬りかかると言うよりは、殴りかかる勢いだった。空気が唸(うな)った。

上体を小さく揺らした政宗の剣が、右から襲ってきた凶剣を下から鋭く掬(すく)い上げた。鋼(はがね)と鋼がぶつかり合ってガチンッと鳴り、青い火花が散る。

この時にはもう、政宗の剣は左側から降ってきた剣の峰を激しく叩いていた。

ガツンと鳴って、これも青い火花。

常森には、浪人の剣二本が、政宗の剣によって全く同時に打ち払われたかのように見えた。足の位置を変えもしていないのに政宗の剣は、それ程の瞬速だった。はじめの紋白蝶のようなか弱さとは、打って変わっていた。豹変(ひょうへん)と言ってよかった。

浪人二人は、反射的に飛び退がった。表情が、こわ張っていた。一歩も足の位置を変えなかった政宗の次の動きを恐れたのだろう。

「腰抜けがあ」

大宮窓四郎が眦(まなじり)を吊り上げた。それだけではなかった。飛び退がった浪人二人の背後に近付きざま、斬りつけた。浪人二人は、振り向く間も与えられず、背中を割られ低い呻きを発して月夜の地面に沈んだ。

「なんて酷い奴だ。それが貴様の本性か窓四郎」

常森は叫んだ。頭に血がのぼっていた。前に政宗がいなければ、かなわぬまでも窓四郎に斬りかかりたかった。仲間を後ろから不意討ちにする奴など、絶対に許せなかった。

「兵庫。矢張りお前でないと駄目だな」

窓四郎が、行け、とばかり顎をしゃくった。

二十一、二かと思える若い浪人が、無言で政宗の面前に進み出た。まだ童顔の香りがあって、端整な顔立ちだった。連中のなかでは、たった一人、無精髭を生やしていない。

驚いたことに彼は政宗に対し、きちんと一礼をしてから、刀を正眼に構えた。

政宗は右手に持った刀を、だらりと下げたままで、静かに言った。

「若いのに、いい構えだ。柄の握り方、足の位置、切っ先の僅かな縦揺れ、いずれも見事に決まっておる。古流剣法草元流、それも皆伝か皆伝に近い腕であろう。

だが惜しい。刃に艶がない。私を見つめる目もこの皓皓たる月明りの中、汚なく濁っているようだな」

口数少ない政宗にしては、珍しく長言葉であった。しかも、どこか悲し気な響きだった。年若くして凶悪の道に陥った草元流剣客の身を思ってのことであろうか。だが、当の本人は、政宗の言葉に、ニコリと返した。

「刃に艶がなくとも、目が濁っていようとも、私には訳なく貴様が斬れる」

貴様、の部分に少し力を込めた、若き草元流剣客だった。草元流は連続的な小手斬りを特徴としていることで知られている。

彼の両足が滑るようにして、政宗に迫った。恐れていない。全身に自信を漲らせている。濁った目が光った。「猫だ」と常森は思った。そう見えた。

政宗もゆるがぬ正眼で対峙した。

猫が地を蹴った。鮮やかな身軽さだった。その鋭利な爪の先が、いや剣の先が、政宗の右小手に伸びる。それを名刀粟田口久国の鍔がガチッと受けて跳ね返すと、休む間もなく二撃、三撃、四撃と猫の小手打ちが連続した。猛烈な速さだった。

ほとんど足の位置を変えることのなかった政宗が、じりっと退がる。

（若様が圧倒されている）と、常森源治郎は息をのんだ。

四撃まで政宗に受け返されて、呼吸を整えるためか猫がいったん退がった。と、松平政宗がまたしても、あの流麗な構えを取った。右足、左足、剣が一本の〝線の構え〟を見せる美しい下段の構えである。

しかし、猫は躊躇しなかった。ひと呼吸整えて、「かっ」と喉を鳴らし跳躍した。

松平政宗が、ふわりと動いて猫の剣の下をかい潜った。誰の目にも、そう見えた。

次の瞬間、バシッと鈍い音がしたかと思うと、月光の中に猫の首が舞い上がった。

どう刀が舞ったのかは、誰にも見えなかった。はっきりとした結果だけが、まわりの者たちに目撃された。

政宗が懐紙で刃を拭い、粟田口久国は鞘に納まった。

「源さん、今宵はこれまでだ」

政宗は踵を返し、常森の横をすり抜けた。辛そうな表情だった。

「待てい。これで帰す訳にはいかぬ」

窓四郎が二、三歩、政宗を追った。

政宗は振り向いた。

「惜しい若者を斬ってしまった。今宵はもう、これ以上刀を握りとうない」

「俺と勝負せい」

「後日にな」

静かに言い残して、政宗は歩き出した。大宮窓四郎は低く唸りながら、政宗の背中を睨みつけた。政宗が引き揚げ出したことで、常森は、いささか狼狽えた。窓四郎とその一党を、この場で殲滅したいのが本心であったから。

三

翌朝、常森源治郎は〝鉤縄の得〟が治療を受けている医師順庵宅を訪ねた。松平政宗も一緒だった。政宗が自分から「同行したい」と言い出したのだ。常森にとっては、有難いことだった。

目明し得次の容態はまだ重体には違いなかったが、目に少し輝きが戻り出していた。

　常森が大宮窓四郎の風体容姿を具（つぶさ）に告げると、得次は、

「間違いありやせん。その野郎です」と、しっかりとした口調で頷いた。

「ところで現場から、ごく少量だが白粉（おしろい）が見つかったんだ。それも**梅華香**とかいう高級ものなんだがね」

「そういえば奴が斬りかかってきたとき、ふっと**白粉の香り**がしたような気がします」

「やはりな」

「あの野郎。その白粉を顔に塗りたくっていたのですかね。やけに肌の白い奴でしたが」

「その大宮窓四郎と言うのはな得次……」

　常森が、窓四郎の生い立ちについて打ち明けると、得次は「そうでしたか」と複雑な顔つきになった。母親ローズ・ワルデナールや窓四郎の人生を、もの悲しく感じたのであろうか。

腕っこきの江戸目明しではあったが、もともと気立ての優しい得次だった。

松平政宗は、常森から少し離れて縁側に座していた。自分のことは今、重体の得次にあれこれ詳しく紹介する必要はない、と常森に言ってある。

そばで二人のやりとりを聞いているうち、政宗は得次の人柄というものを知った。なるほど常森源治郎の配下だけのことはある、と思った。

二人は半刻ばかりして、順庵宅を出た。

「得次の様子に安心しました。あれに死なれたら、私は江戸へ戻れませぬ」

「自分の右腕として大事に使ってきたのであったな」

「はい。なかなかにキレる目明しでございまして」

「うむ。人柄もよさそうな男ではないか」

「若様のこと。少し話しておきましてございます」

「ところで、**梅華香**とかいう白粉のことだが……」

「得次は、窓四郎と立ち合ったとき、ふっと匂いを感じたと言っておりましたが」

「私は、大宮窓四郎が白粉を使うとは思えぬのだが……」

「梅華香は、ほかに意味があるのでは、と思っていらっしゃるのですね」

「源さん」

「はい」

「窓四郎の母親、ローズ・ワルデナールの墓は曇華院だと申していたな」

「父親野河輝長の墓も曇華院にございます」

「これから、そこへ行ってみようではないか」

「承知いたしました」

二人の足は、曇華院へ向かった。

「あのう若様……」

「ん？」

「昨夜は、どうして窓四郎をお倒しくださらなかったのですか。正直申し上げて、この常森源治郎はいささか不満でございました。奴を倒すか捕縛することこそが自分の役目であると思っておりますゆえ」

常森は、やんわりと言って、済まなそうに頭の後ろへ手をやった。

「草元流剣客の若者を倒した私は、直ぐさま窓四郎へ向き直った。そのとき一瞬

「父親が我が子を失った時のような悲し気な表情を……」

窓四郎が見せたのだ。父親が我が子を失った時のような悲し気な表情を、でございますか」

「あれは家族肉親の死を見つめる者の表情であった」

「そうでありましたか。つまりあの若者は、殊の外窓四郎に可愛がられていたと」

「そう思って間違いあるまい。だから私は、恵まれぬ生い立ちを背負ってきた窓四郎に一日を与えてやりたかったのだ」

「若者の死を送るための一日を、でございますね」

「左様」

「そこまで深いお考えがあったとは知らず、失礼を申し上げました。この常森源治郎、恥ずかしく思います。お許しください」

「なんの」

「すると窓四郎は、若者の魂との別れを済ませると、自分から若様の前に現われますな」

「うむ。おそらく今日か明日には……凄まじい怒りと共にな」

聞いて常森は、ゾクリとなった。愛する者を失った滲四郎の剣が、どれほどの憎悪と怒りで自分たちに向かってくるか、判るような気がした。

「どこの寺のモミジも綺麗になってきたね源さん」

「まことに。あちらを御覧なされませ。とくにあの寺は、まるで炎のように紅うございます」

「なるほど炎だなあ」

「これが何の不安も心配もない散策ならば、我々の気持も、もう少し浮き立ちましょうに」

「滲四郎とその一党を倒せば、京の町は今よりもうんと明るくなろう。そうなるよう努力するのが、治安を預かる源さんたち町方の仕事でもある」

「そう承知しておりまする」

左手向こうに、曇華院境内の森が見えてきた。

「事件が一段落しましたなら若様。私に一献、ごちそうさせてくださいませ」

「喜んで受けましょう。何処かに旨い店などを見つけましたか」

「祇園社（八坂神社）の少し手前に、小粋な料理屋が出来ましてございます。酒は灘も伏見もあって、料理もなかなかのもの。それに大層安うございます」

「そのうえ、女将は美人とくるのであろう」

「これは若様。お見通しでございますな」

二人は、ひっそりと笑い合った。

と、少し先の角から公家の短い行列が現われて、こちらへ向かってきた。かなり大きな黒塗りの駕籠の左右を侍が固めていることから、地位の高い公家と思われた。この時代、公家が牛車を使うことなど、ほとんど無くなっている。

「はて、この辺りに身分高き御公家様の御駕籠が現われるとは、一体何処へ参られるのでしょう。御所はうんと北、二条城や所司代も遠く北西の方角。どこぞの寺へでも参られるのでしょうか」

「そうかも知れぬな。この道を南へ行けば仏光寺（現存、下京区高倉通下ル新開町）だ。案外そこへ参詣するのかも」

「若様。警護の侍はどうやら、仙洞御所付与力同心のようです。見覚えのある連中です」

「町奉行所は、仙洞御所付与力同心をも支配下に置いているのであったな」

「われわれ町方は所司代に協力し、禁裏警護をも職務の一つと致しておりますことから、仙洞御所付与力同心及び禁裏付与力同心とは、人事の面でも無関係ではございませぬ」

「今や朝廷独自の組織というものは、すっかり有名無実であるなあ」

仙洞御所とは、元天皇（上皇・法皇）の住居である。つまり現天皇である霊元天皇（十七歳）の父、後水尾法皇の住居であった（天皇が譲位すると上皇。上皇が出家すると法皇）。

そうこうするうち、駕籠は二人に近付いてきて、先導役の白髪の老公家（随身）が政宗と顔を合わせ「これは少将様……」と足を止めうやうやしく頭を下げた。行列も当然のごとく停止。

政宗は、軽く頷いて応じただけだった。

常森は、腰を下げて控えた。「少将様……」と聞くのは二度目であったから、もう驚きは大きくなかった。そのかわり、身分高くない町方同心として作法に沿い〝控えること〟を忘れてはならなかった。

先導役の老公家が、小走りに黒塗りの駕籠に近付き、何事かを囁いた。

そして駕籠の簾が老公家の手によって上げられ、目つき鋭いひきしまった若い顔が現われた。

「ややあ、これは政宗様。お久しゅうございまするな」

笑顔であった。が、目は笑っていない。この人物こそ、徳川幕府への自己主張を恐れない英邁剛毅（えいまいごうき）な性格の現天皇（霊元天皇十七歳）の最大の宿敵（ライバル）、**近衛基熙**（このえもとひろ）二十三歳であった。摂政・関白家として常に朝廷の舵取り（かじとり）に腐心してきた近衛家は、「朝廷大事」の姿勢を貫くため時として反天皇的姿勢を執ることがあった。その姿勢の裏には常に徳川幕府を怒らせまいとする苦労が見え隠れし、それは悪く言えば「保身」、良く言えば「天皇を幕府よりお護りするため」であった。

「どちらへ御出向きですか基熙（もとひろ）殿」

松平政宗は駕籠のそばへ近付いていった。常森源治郎は上目使いで駕籠に描かれた家紋を見、近衛家のものと判断できたから、新たな驚きを突きつけられた。相手は歴史ある摂政・関白家である。その朝廷随一の名家の駕籠に対し、政宗は気軽にすたすたと近付いていったのだ。また近付いてこられた近衛基熙の方も、べつだん「無礼者」と一喝する様子もない。

「いままで仙洞御所で御茶を御馳走になっておりましてな、法皇様より帰り途（みち）、仏光寺に立ち寄って住職殿に手渡す大事な物を預かってきたのです」

「左様でしたか。紅葉が綺麗なうちに、わが屋敷へも是非お訪ねください。母もきっと喜びましょう」

「母上様は御元気でおられますか」

と、**母上**の下に、**様**を付した基熙(もとひろ)だった。

「はい」

「紅葉屋敷の紅葉は天下一。そのうち必ずお訪ねしますと母上様にお伝えくだされ」

「判りました」

「それでは」

駕籠の簾が下ろされ、しずしずと行列は動き出した。警護の侍たちが、政宗のそばを過ぎるとき、深々と頭を下げる。

（若様、あなたは一体何者なんです）

胸の中で、常森源治郎は二度、三度と繰り返した。

近衛家の駕籠が南へ次第に遠ざかると、政宗と常森は再び連れ立って歩き出した。誰とも知れぬ町人三人が、二人に腰を折って通り過ぎた。

二人は曇華院の境内へと入っていった。

「墓所に窓四郎がいましょうか若様」

「いや。来てはいまい。彼は今頃、私を倒すことに精神を集中しているであろうな」

「あの廃屋で？」

「さあて、何処に潜んでいようか」

「のちほど廃屋も訪ねてみませぬか」

「行ってみましょう」

墓所は静まり返っていた。人の姿は、どこにも見当たらず、秋鶯だけが囀って（さえず）いた。どこか淋し気な、囀り方であった。

二人はローズ・ワルデナールの小さな墓石の前に立った。

「若様、これは……」

「うむ」

苔（こけ）むしたローズ・ワルデナールの小さな墓石は、摘み取ったばかりと判る色とりどりの野菊で囲まれていた。

「窓四郎は少し前に此処へ来ていたのですねえ」

「彼は余程、母を愛していたのであろう」

「父親の墓も、野菊で取り囲んでいるのでしょうか」

「おそらく、それはあるまい。彼は母だけに別れを告げに来たのやも知れぬ」

「若様と闘うために、でありまするか」

「左様」

「死を覚悟した窓四郎の剣は、きっと凄うございましょう」

「私もそう思う。ひょっとすると源さん、死ぬのは私の方かも知れませぬよ」

「悪い冗談は、お止しになって下さいまし」

常森源治郎は、野菊に囲まれたローズ・ワルデナールの小さな墓石に覆いかぶさるようにして近寄った。

「あれ？」

常森は墓石の後ろに、隠すようにして置いてある一寸角ほどの黒く平たいものを見つけて取り上げた。漆塗りの木箱であった。上蓋(うわぶた)に金文字で「**梅華香**」と刻まれている。

　ただ上蓋の一部が破損していて、そこから白粉の香りが漏れていた。

「事件現場の白粉は、この漆塗りの木箱の破損したところからこぼれたものでしょうか」

「それが自然な見方であろうな。かなわぬまでも窓四郎に反撃した得次の十手の先が、窓四郎の懐にあった梅華香の入れ物を偶然叩いたのではあるまいか」

「なるほど。それで窓四郎は尚のこと逆上したとも取れまするな」

「母に手向けるたむ大事な物であったのだ。私は窓四郎が可哀そうでならぬ」

「若様……」

「だが彼とその一党は罪なき大勢の人々を手にかけてきた。その責任は自ら負わねばならない。そうでなければ、彼は神にも仏にも許されますまい」

「左様でございますとも」

第五章

一

その日は不思議な夜となった。日が沈むと、しとしとと絹糸のような雨が降り出したというのに、夜空を広く覆う雲は、火を点もした行灯の張り紙のように、ぼんやりと薄明るく足元提灯がいらぬ程だった。その夜空から絹糸のように降ってくるか細い雨は、鈍く銀色に光っていた。

松平政宗は左手で傘を差し、足元提灯を持たず絹雨の下を歩いた。京の町では傘はようやく雨の日に町なかで見られるようにはなったが、それでもまだ経済力のある商人や僧侶、武士など特定の階級の者たちの間に限られ、町人にとっては手の届かぬ贅沢品だった。が、古物屋でボロ傘と化したものが、たまに安く下層の人々の手に入ることもある。

松平政宗は、左手に寺院が連なる寺町通に入って、ゆっくりと歩き続けた。連続殺人事件解決の高札が立たぬうちは、色町でさえ日が落ちてからの賑わいを取り戻せない。

人影一つ見当たらないひっそりとした寺町通を、誓願寺の前まで来た政宗の足が、静かに止まった。

絹雨に打たれて、傘が炒り豆の弾けるような音を、遠慮がちに立てている。そのパラパラと乾いた音の間から、滑るような感じで急速にこちらへ迫りつつあるものを政宗は捉えた。まろやかな感じではなかった。鋭利なものを思わせた。

政宗の脳裏に、抜刀した窓四郎の顔があった。凄まじい形相だった。

（来る！）と、政宗が傘を手放して右手を粟田口久国の柄に触れたとき、それは突然、気配を消した。

誓願寺とその向こうの小寺との間から、一匹の野良犬がヨロリと出てきて低く唸った。ろくに食べていないのであろう。ひどく痩せている。

政宗は傘を手にとって、また歩き出した。寺町通を左へ折れて四条通に入り、鴨川に架かった四条河原假橋を渡った。真っ直ぐ先の向こう正面に黒々と見えているのは、祇園社（八坂神社）の森である。

この通りの左右には、大きな芝居小屋がかかっていて、小屋内の大型行灯が原因の火災予防のため夜の座は禁じられていた。が、それでも夜歩きする人気役者を間近で見ようと、通りはかつて大層賑わっていた。それが今、人ひとり歩いておらず松平政宗の傘が侘しい雨音を立てているだけだった。

恐ろしい連続殺人事件や、商家への押し込み強奪事件などが長引かなければ、この界隈は祇園色町として、もっと早くに開花していた。

〽絹雨粛々と道人の道信を濡らし
〽道人陶酔して朗々と我を謳わん
〽我大界に在りて俗一つ知らず
〽私曲邪佞に陥るを踏み止まり
〽羽化登仙の浮き雲たらん

澄んだ美しい松平政宗の声であった。女性のように優美な彼であったが、しかし、ひ弱な声の響きではなかった。絹の雨の中をよく通り、力強い。

彼は通りの中ほど（現、料亭一力あたり。東山区祇園町南側）を、右に折れた。

すると、すぐそばの小料理屋の軒下から、手にした傘を差しもせず女が現われて、するりと政宗の傘の中へ入った。傘の下の暗がりの中でさえ、美しいと判る端整な顔立ちの女だった。年の頃は、よく往って二十二、三というところか。二

十一、二でも通りそうだが、政宗の傘の中へ入った仕草に、宵待草（夜の社交界）で練られたような色艶（つや）があった。
「女の夜歩きは危ないと申したではないか。無茶をしてはいかぬな」

「幾らも歩いていませんことよ。ほんの、其処から此処までですもの」

「その、ほんの、が油断に結び付いて、大怪我の元となるのだ」

「私のこと、心配してくれているのでありんすか」

女は冗談めかした口調で言って、ふふっと笑った。

「何があるか判らぬ世の中ゆえ、女は無茶をしてはいかぬと申しておる。気を付けなさい」

「はい。若様」

「その若様はよくないと、幾度も申したであろう。それに私は、もはや若様と言われる年齢（とし）ではないぞ」

静かな二人の語らいであった。女は政宗の着物の袖を軽く摑（つか）み、瑞々（みずみず）しい世話女房といった風に寄り添った。夜目にも、瑞々しい、といった印象そのものの美しい女であった。

　確かに幾らも歩かぬうちに、二人は黒塀に囲まれた小粋な料理屋の裏口に着いた。料亭と呼ぶほどの店ではなかった。やや大きめな小料理屋に毛が生えた程度の店だった。

　この程度の店が、界隈に次から次へと姿を現わし始め、昼間の明るいうちから酒・料理を出すところもあって、競い合う原理が働き始めていた。

　二人は店の離れ座敷に上がった。八畳のこの座敷が女の居間で、奥にもう一部屋、彼女の寝室があるらしいのだが、政宗はまだ見たことがない。

　店は、離れ座敷と短い渡り廊下で結ばれており、酔客の歌声や笑い声が離れまで容赦なく聞こえてくる。

　女は甲斐甲斐しく、夜雨で濡れた政宗の着流しを手拭いで拭きながら言った。

「すぐに御酒と御料理を運ばせましょうね。一刻ほど御店の相手をしましたら戻って参りますから」

「今宵も大繁盛のようではあるな早苗」

「お陰様で、品の良いお客様ばかりが、おこし下さいます」

「恐ろしい事件が未解決で、京の町の隅から隅まで竦んでいるのに、この店だけはいつもまるで別世界の明るさではないか。早苗の人徳かのう」

「そうではないと思いますよ」

「ん？」

「若様がこの店に来て下さるようになってから、急に繁盛し始めました。若様が徳を運んでくださりましたのでしょう」

「私がか？」

政宗の少し湿った着流しを、自分が縫い上げた浴衣（ゆかた）に手早く着替えさせて、早苗は座敷から出ていった。出ていく際に、政宗の手を軽く握りしめることを忘れない。いつもそうであった。

政宗は座敷に横たわって、絹雨に打たれている狭い庭を眺めた。紅葉屋敷を出かける際に母が言った「早ういい妻（ひとめと）を娶って一家を構えなされ。この母のためではなく、家名のためでもなく、御自分のためにそろそろその気になりなされ」が耳の奥に、まだ残っていた。

彼は自分が妻を娶った時の様子をあれこれ想像して、ふっと苦笑を漏らした。

その表情が、怪訝（けげん）な表情に変わって、彼は体を起こし庭の一隅に目を凝らした。

そこには明りを点もしていない石灯籠（いしどうろう）があって、そのまわりに笹が植え込まれていた。

その笹が、ガサゴソいっている。

「お前さん、私のあとをつけて来たのかえ。気付かなんだねえ」

そう言いながら政宗が縁側に胡坐（あぐら）を組むと、笹の植え込みの中から、あの痩せた野良犬がヨタヨタと出てきて力なく尾を振った。

裏口を見ると木戸が細目に開いている。どうやら、しっかりと閉まっていなかったらしい。

「そこは濡れるだろう。こちらへおいで」

政宗が縁側に出てその下を指差すと、意味が判ったのか、野良犬は縁の下にやってきて、へたり込んだ。

そこへ店の女——トヨという初老の下働き——が、酒と料理を盆にのせてやってきた。

「若様、温かいうちにお召し上がりなさいましよ」

「有難う。いつもおトヨさんには世話をかけているねえ」

「何を申されます。若様あっての〝**胡蝶**〟でございますし、若様あっての女将さんでございますよ」

〈**胡蝶**〉とは店の名であった。

「ごゆっくりなさいまし」とトヨは言い残して、店へ退がっていった。

「ほら。食べなさい」

政宗は縁の下の野良犬に、料理を分け与えた。とは言っても、料理にはほとんど箸を付けず、野良犬に与えた。

野良犬は腹が満たされると、縁の下の奥へ引っ込んだ。ひと眠りするつもりだけなのか、それともいい棲み家を見つけたとでも思っているのか。

縁側から座敷へ移った政宗は、徳利に入った酒をゆっくりと楽しんだ。このころでは徳利は、珍しいものではなくなっている。平安・鎌倉時代の酒宴に用いられた〈瓶子〉に源を発する**徳利**は、室町時代に言葉として定着し、**備前**・**丹波**・**瀬戸**などの古窯で盛んに焼かれるようになった。

政宗が**胡蝶**に通うようになってから、一年近くが経つ。そのうちいつしか、女将の八畳の居間へ通されて飲むようになったが、べつに彼女と男女の仲になった訳ではなかった。

それどころか政宗は、女将早苗の素姓をいまだ全く知らなかった。また知りたいとも思っていない。はっきりしていることは、早苗のさっぱりとした気性と時に見せる控え目なところがことのほか気に入っているということだけだった。

また胡蝶について判っていることは、飲みに通い始める二、三か月ほど前にできた店らしい、ということのみだった。気さくなトヨは、その頃からいた。そのトヨの素姓も政宗は知らない。

目の前にいる人が〝善人〟ならそれで充分、それ以上のことは知る必要もない、と淡々とした政宗だった。

早苗が一刻と経たない内に、徳利と盃を盆に八畳の居間へ戻ってきた。

「いいのかね、お店の方……」

「若様をひとりきりにしては、落ち着きませぬもの」

早苗は政宗に寄り添うようにして、腰を下ろした。べたついた、いやみな感じは皆無だった。仕草も体の流れもやわらかで美しく、さっぱりと寄り添った。自然だった。

「今宵は料理のお召し上がりが早うございますこと。いつもなら、まだ三分の一ほど残っておりますのに」

「新しい家族を抱えてくれぬかのう早苗」

「え？……それ、もしや若様のこと？」と、早苗は微笑んだ。

「いやいや」と苦笑して、政宗は縁の下を指差してから、ぽんと手を打った。

犬というのは、賢いものだ。空きっ腹を満たしてくれた恩人が手を打ったと判ったのかどうか、甘えたように低く鼻を鳴らしてから、庭先の絹雨の中へ出てきた。

「まあ……」

「どうやら私たちの後をつけてきたらしい。ほら、裏木戸が、きちんと閉まっていなかった」

「ご免なさい。無用心なこと」

早苗が庭に下りて裏木戸を閉め、ついでに犬の頭を指先で軽くひと撫(な)でした。

「それにしても、びしょ濡れだこと。明日お湯で体を洗ってあげるから、今夜は縁の下でゆっくりお休みなさい」

犬は頭を下げて、縁の下へ入っていった。店から酔客の笑い声が聞こえてくる。

「どうだ。あれの面倒を見てやってくれぬか」

「はい。私たちの後をつけて来た犬ですものね」

「そうか。すまぬな。あれの食い扶持は、私が負担するゆえ」

「いりませんよ。犬の食い扶持など、たかが知れていましょうから」

品よく笑いながら、早苗の白い手が政宗の盃に酒を注いだ。

政宗も早苗の盃を満たしてやった。だが早苗はいつものこと、ほとんど飲まない。こうして政宗と一緒の時を過ごすことが、彼女にとっての最高の〝酒〟であった。灘よりも伏見よりも美味しい〝酒〟であった。

「犬に名を付けてやらねばのう」

「明日体を綺麗に洗ってやり、犬の顔や毛並をようく見てから、考えてみます」

「うむ」

他愛ない二人の会話であった。会うと、いつもそうだった。深刻な話をしたことなど一度もなかった。だから二人の会話はいつも新鮮だった。幅があって、面白さがあって、温かみがあって、とりとめが無かった。虫や花や山河や動物が話題になることも少なくなかった。自然が豊かな会話だった。

ところが今夜の会話は、思いがけぬ方角へ向かった。

政宗が盃を空にして、物静かに言った。

「のう早苗。私の母は、私が紅葉屋敷を出るとき、いつも〝お気をつけて〟と申すだけであったのだが、今夜は珍しく言葉数が多かった」

「まあ。どのように多かったのでございますか」

「早ういい妻を娶って一家を構えなされ。この母のためではなく、家名のためでもなく、御自分のためにそろそろその気になりなされ、とな」

それを聞いても、早苗の美しい表情に、べつだんの変化はなかった。

「母上様にはきっと、心当たりの女性が既におありなのではありませんか。それとも若様ご自身におありなのでは？」

「馬鹿を申せ」

「母上様は若様のこれからを心配なさっているのでございましょう」

「まるで私が何者かを知り尽くしているような言い方だな」

「私が若様のことで知っているのは、若様に御教え戴きました紅葉屋敷のことだけ。いまだに若様の御年さえ知りませんもの」

「考えてみれば、私も早苗のことは何も知らぬなあ。年は幾つになる」

「二十一……来年の春がくれば二十二になります」

「私は二十八だ」

「お互いを知るのは、その程度で宜しいのではございませんこと若様」

「そうするか。何よりも大切な、早苗の優しい美しい人間性を知っているのだからな」

「早苗のその人間性を、お好きになって下さっているのでしょうか」

「おう。好いておるとも。大層好いておる」

「有難うございます。あら、もう御酒がなくなりました。あと少し、持って参りましょうね」

早苗は盆に空の徳利二本をのせて座敷を出ると、三、四歩行ったところでさり気なく、指先で目頭を押さえた。

二

胡蝶をあとにして人影一つない四条通に出た政宗は、通りを横切った。雨はすでに止んでいたから傘は胡蝶へ預けてきた。

酒でほてった体に、雨あがりの秋の夜風が心地よかった。

四条通の北側（現、弁財天町、常盤町、清本町、富永町、橋本町界隈）にも、胡蝶のような店が次から次へとできている。が、どの店もひっそりとして、客の気配などほとんど無い。

政宗は暗い夜道を、ゆったりと歩いた。

しばらく行くと、近江の膳所の本多氏の広壮な武家屋敷があり、その西側に小さな寺があった。名もなき寺、とでも言えるような小寺であったが、寺名の額はちゃんと山門に掛かっていた。

その山門に、不意に月明りが降り注いで、寺名の額が薄ぼんやりと読み取れた。神泉寺とある。

政宗は山門の前で立ち止まって、夜空を仰いだ。それまで天空を広く覆っていた雲が大きく裂けて、皓皓たる月が顔を出していた。

彼は山門を潜り、絹雨で濡れ月明りで光っている石畳を、奥へ進んだ。小さな寺だから本堂に至るのに、さほど歩を運ぶ必要はなかった。

開け放たれた本堂には人の気配があり、贅沢なほどの明りが漏れていたが、静まり返っていた。

政宗は足音を立てることをせず、本堂に入っていった。大人の背丈ほどの菩薩二体が祀られた正面に向かって、大勢の子供たちが横に長い文机に並び、黙々と筆を滑らせ書の練習をしている。一つの文机に四、五人が座り、十の文机があったから五十人近い子供が学んでいることになる。

政宗が背後から、子供ひとりひとりに対し、筆の走らせ方や字のはね方などの注意を、自分の人差し指を筆に見立てて始めた。ときに子供の手から筆を取りあげて、自分で書いてみせる。

政宗が後ろから不意に指導の声を掛けることに、どの子供も馴れているらしく、驚く子は一人もいなかった。

それもそのはず、この本堂は「明日塾」と呼ばれる政宗主宰の子供塾だった。

明日に向かって子供たちが力強く羽ばたいていけるように、と願う政宗が、「羽ばたくために必要な学問、教養」を幼ない子供たちに教えているのだった。学費は徴集していない。

入塾資格は、良家富裕な家庭の子女にはなく、母親が水茶屋などで夜遅くまで体を張って働いている母子家庭の子、に限られていた。

なんと政宗は、夜鷹の子にあれこれと語り聞かせていた大宮窓四郎と、似通った思想を実践に移していたことになる。

「……私は窓四郎が可哀そうでならぬ」と言った政宗の言葉には、自分と相通じるものを有していた者への憐れみがあったのかも知れない。

「よく出来ているぞ」

政宗が、ひとりの幼子の頭を撫でた。幼子が味噌っ歯を見せて嬉しそうに笑う。

今夜、この本堂で学んでいる子供たちは明日は休みで、そのかわり別の子供たちが学びに訪れる隔日学習態勢が組まれ、およそ百人の母子家庭の子供たちが神泉寺に通塾していた。

政宗がひと通り子供たちを見て回った視線を、本堂の外へ移した。

一人の人物が、月明りの中に立っていた。肩を落とし半ば悄然としているかのような、立ち方だった。

常森源治郎だった。

政宗は、そこに彼が現われた時から気付いていたのか、それとももっと早くから気付いていたのか、べつに驚いていない。

政宗が本堂の縁に出ると、常森源治郎が元気なくそばにやってきた。

「私が四条通を横切ったときからずっと、つけていましたね源さん」

学んでいる子供の邪魔になってはいけないから、囁き声の政宗だった。

「申し訳ございませぬ。やはり、お気付きでございましたか」と、常森も小声で力なく返した。

「もう一つ、何者かの鋭い殺気も途中まで、つけておりましたよ」

「なんですって」

「大宮窓四郎だったのかも知れぬ。が、まあ、それはそのうち判りましょう」

「ひょっとすると窓四郎は何処ぞ其の辺りに潜んで、こちらを見ているかも知れませぬな」

常森源治郎は、あたりの木立へ目を凝らした。

「貧しい夜鷹の子供たちに優しかった窓四郎だ。彼がこの神泉寺の子供たちの前で刀を抜き放つことはありますまい」

「はあ」

「源さんは余程、私のことが気がかりなのですねえ」と、政宗は静かに笑った。

「四条通を横切った若様の後ろ姿をお見かけし、若様がなぜ頻繁に夜歩きなさるのか、その理由を自分の目で確かめてみたいと思ったのです。どうか御許し下さりませ。まさか若様が、神泉寺で幼い子供達にこうして……あのう、この子たちは一体どのような家庭の子供たちでございましょうか」

「貧しい母子家庭の子供たちです。たいていの母親が怪し気な茶屋や小料理屋といった所で深夜まで体を張って懸命に働いている」

「では窓四郎は、若様と似通った考えといいますか思想といいますか、それを実行に移していたことになりますねえ。哀れな夜鷹の子供たちを対象に」

「うむ」

「若様が窓四郎のことを〝可哀そうでならぬ〟と申された意味が、いま判りました。窓四郎も母子家庭の子として育ちましたからねえ。しかも母親は異人……」

「どれほど苦労苦痛の連続であったことか」

「はい……ところで、この子供塾に名はあるのでございますか」

「明日塾」

「明日塾……いい名ですねえ。とてもいい名です」

「のう源さん」と、政宗は彼を手招く素振りをして見せた。

常森源治郎は、更に本堂の縁に近寄って上体を政宗の方へ少し傾けた。

「源さんには、非番というのがありますね」

「ございます」

「その非番の三分の一でもよいから、私に預けてくれぬかなあ」

「は？」

「いやね、手伝って貰いたいのだ。子供たちのこの塾を」

「そりゃあもう、私のような者でよければ」と、常森源治郎の表情がパッと明るくなった。

「おう、承知して下さるか。それは有難い」

「承知も何も、若様のなさることなら、なんでも御手伝いさせて戴きます。で、いつから御手伝いすれば宜しいのでしょうか」

「次の非番から御願いしたい」

「判りました。ですが若様、私は子供たちに何を教えられるでしょうか。軽輩者ゆえたいした学問は身に付けておりませぬが」

「源さんは治安活動を通じて社会の裏表に詳しい筈だ。子供たちが、裏社会という怪物に飲み込まれて心と体に傷付くことがないよう、源さんの経験と知識を一つの体系にまとめるなりして判り易く、子供たちに語り聞かせてやってほしいのだ。繰り返し繰り返し、な」

「なるほど、大事なことでございますね。それなら私のような軽輩者にもできましょう」

「それから源さんに一つ訊いておきたいことがある」

「なんなりと」

「事件が一段落したなら、祇園社（八坂神社）の少し手前にある小料理屋で、私に旨い酒と料理を御馳走したい、と申してくれたな」

「はい申しました。腹一杯、御馳走して差し上げますとも」

「その店の名だけでも、先に聞かせてくれぬか。楽しみが倍に膨もうというものだ」

「宜しゅうございます。店の名は胡蝶と申しましてね、またここの女将が気品豊かな上に大変な美人でして」

常森の声が一段と低くなった。

胡蝶と聞いて、政宗は（やはり……）と真顔で黙って頷いた。いや、目は笑っていた。おかしくてたまらぬ、と言わんばかりに笑っていた。もしや、と思って訊いた政宗だった。

だが、常森はそれには気付かず、女将の美しさを二度も三度も繰り返した。

三

松平政宗と常森源治郎が明日塾を出たのは、まもなく丑三つ時（午前二時ごろ）になろうか、という頃だった。子供たちの母親が迎えに来て、そのあと住職に招かれて茶を一服頂戴すると、いつも大体この時刻になる。何かにつけて協力的な住職は、政宗が定められた〝今宵の〟予定を終えるまで決して先に寝てしまうようなことはない。欠かさず山門まで見送ってくれる。

「若様主宰の明日塾で、子供たち相手に自分の体験や知識を生かせるなんて、光栄でございますよ。誇りに思います」

「この京の明日は、今を生きる子供たちの肩にかかっているのだ。その子供たちを正しく導き鍛えてやらねば、京の明日はないと私は思っている」

「誠にその通りでございます」

月が雲に隠されて、下界に濃い闇が訪れたが、直ぐに月明りは戻った。

何処からか犬の遠吠えが聞こえてくる。悲し気な遠吠えだった。

二人は鴨川の四条假橋を渡った。

「この先で、惨劇があったのでしたな源さん」

「ええ。同心、目明しが襲われた現場です。なかでも田宮流居合術の達人として知られた同輩が、抜刀しきっていない状態で殺られていたのには、衝撃を受けました」

「相手は、それほど凄い遣い手だったということです」

「下手人は窓四郎で間違いないのでしょうか」

「これ迄の状況から考えて今のところ、窓四郎以外の人物は、浮かんでこないのではありませんか」

「そうですね。おっしゃる通りです」

「そろそろかも知れませぬよ。我々の前に彼が現われるのは」

「え……」

常森は思わず刀の鯉口に手を触れた。

「源さんを組屋敷まで送って差し上げよう。念のための用心です」

「め、めっそうも……私が紅葉屋敷まで若様を送って参ります。どうせ私は明け方まで、町の要所要所を見て回らねばなりませぬので」

「一人で見回りを？」

「三、四人で組んでの見回りの結果、これ迄に与力同心が何人も斬殺されました。集団見回りはかえって多数の犠牲者を出す、という考えから、御奉行が単独見回り態勢を組まれたのです」

「しかし単独見回りで捕縛できるような相手ではなかろう」

「呼び子で一か所に直ぐ十数人が駈けつけられる態勢を組んでおります」

「なるほど。表向き単独見回りと見せかけての、集団見回りか」

「左様でございます」

「それが功を奏すればよいのだが」

二人は表を固く閉ざしている老舗の菓子問屋「大福屋」の角を右へ折れた。大福屋は京で屈指の菓子問屋であり、問屋機能だけでなくむろん幾種類もの菓子を自らつくって、禁裏や公家・武家屋敷へ納めていた。ここの雪見大福はとくに人気があって、生産が購買に追いつかぬ状態が長く続いている。

その大福屋の角を折れて少し行った辺りで、政宗の足がやわらかく止まった。

政宗は振り返って、大福屋の大きな二階家を眺めた。

「いかがなされました若様」と、常森が大福屋と政宗を怪訝な顔つきで見比べる。

「おかしいぞ源さん」

「おかしい？」

「私はこの時刻たいていこの角を折れるのだが、大福屋の静けさがいつもらしくない」

「なんですって」

「源さん、表口よりも裏木戸だ。見てきてくれぬか」

「合点承知」

常森源治郎は、身を翻した。そのあとを政宗が、何事もなかったかのような落着いた足取りで、ゆったりりと追う。

裏木戸は閉まっていた。常森は木戸に触れぬよう体を寄せ、耳を研ぎ澄ませた。とくに変わった音も気配も、捉えられなかった。

(若様の思い過ごしではないのか)

常森がそう思ったとき、政宗が常森の脇に立って、指先で軽く木戸を押した。

(あ……)と、常森は危うく声を立てるところだった。木戸には横木(かんぬき)が掛けられておらず、僅(わず)かに軋(きし)んで内側へ少し開いた。このときまで、常森は大福屋の裏木戸は〝引き戸〟になっているものと思い込んでいた。蝶番(ちょうつがい)を用いた開き戸は、とくに裏木戸などでは、それほど多くなかったからである。さすが老舗と言われた大福屋であった。

二人は、音立てぬよう用心しつつ庭内へ入った。

「血の臭いがする」

政宗が呟き、常森の緊張は一気に高まったが自身の嗅覚は、まだ血の臭いを捉えていなかった。

二人は庭先を奥へ向かった。家の中からは、コトリとした音ひとつ伝わってこない。

庭の一番奥まったところ、そこは青白い月明りを浴びた枯山水の広々とした造作であった。鋭くとがった巨石が東の隅に配置され、その巨石から滝となって流れ落ちる大河の水が、白砂を用いて一面敷き詰められている。

西の隅には松が二本。きわめて簡素な、それでいて品のある庭であった。

この庭に面した座敷は、おそらく大福屋の主人夫婦のものであろう。

八枚の雨戸が閉じられているその座敷を、政宗と常森源治郎は見つめた。

ようやく常森は、血の臭いを感じた。

と、雨戸が一枚するすると開けられた。腕のいい大工がつくった重量のある雨戸なのだろう。ガタピシとした音は立てない。

はじめに大宮窓四郎が刀を手に、月下に姿を現わした。政宗と常森を認めても、べつだん驚いていない。冷やかな表情だった。

続いてやはり抜き身を手にした五人の浪人態が姿を見せ、窓四郎の左右に分かれて立った。彼等もまた、政宗と常森に驚いてはいなかった。

「また殺めやがったな大宮窓四郎」

「今夜で京を去り江戸へ向かう。その路銀を大福屋に用立てて貰ったまでだ」

「この野郎、ぬけぬけと」

常森は抜刀した。体に震えがくる程の怒りに見舞われていた。

「よしなさい源さん。この連中には、もう何を言っても無駄です」

「まったくです。悪魔のような子を生んでしまったと、母親ローズ・ワルデナールも今頃は地下で泣いていましょう」

「き、貴様……」

母親の名が出てきたことでか、それまで冷やかだった窓四郎が、いきなり常森に向かって踏み出そうとした。血相が変わっていた。

それを左右から、配下の浪人態が慌てて押しとどめ、窓四郎の耳元で何事かを囁いた。

「大宮窓四郎殿」

政宗が〝殿〟を付けて、声をかけた。澄んだ優しい響きであった。

「この私も父の愛を知らず母の手ひとつで育てられた。聞けば、そなたも私と似たような境遇で育ったとのこと。育った家庭のかたちは違うかも知れぬが、父の愛を知らずに育てられた侘しさは、この政宗、理解でき申す」

「政宗というのか、その方……」

「左様。姓は松平」

「徳川一族の、あの松平と？」

「徳川とは、なんの縁も所縁(ゆかり)もござらぬ」

「生まれた時から、父の愛を知らずに育ったというのか」

「左様」

「母親は健在か」

「健在でござる」

「優しい母親か」

「この上もなく、慈愛に満ちた母でござる。窓四郎殿、父親なき子を生んだ母親というものは、強く賢く慈愛に満ち、この上もなく尊い存在ではなかろうか。窓四郎殿の母親も、聞けば間違いなく、そういう女性(ひと)でござったらしい」

「うううっ……」

窓四郎が肩を落とし、なんと噎(むせ)び泣いた。しかし、それは長くは続かなかった。彼はハッとしたように顔をあげて、ののしった。月を浴び爛々(らんらん)たる目つきであった。

「涙を誘う言葉を吐いて、心形無刀流の俺の剣先を鈍らせようと謀ったか松平政宗。この窓四郎、やすやすと甘言には乗らぬわ」

「窓四郎殿……」

「お前さんは、この俺が斬る」

窓四郎が正眼に構えた。

松平政宗は辛そうな表情で、粟田口久国の鞘を静かに払う動きに入った。

とたん、窓四郎が地を蹴(け)った。まだ粟田口久国を鞘から払い切っていない政宗の右小手に、窓四郎の剣が稲妻と化して翻る。

剣先一寸を鞘の中に残したままの政宗が、上体を右へひねり、窓四郎の一撃目を鍔の下で受けた。

鋼と鋼が打ち合ってガチンと鳴り、小さな光の粒が四方へ飛び散る。

小手、小手、小手、小手と窓四郎の技が矢のように連続した。政宗はまだ抜刀しきれず、右へ左へ上体を揺らし乍ら粟田口久国の鍔で峰で刃で、相手の剣を受け止めた。その受け業も凄い。

常森も浪人五人も、我を忘れて息をのんだ。凄まじい剣の走りを見せる窓四郎に、政宗は明らかに押されている。

常森にも五人の浪人にも、そう見えた。

が、渾身の数撃を完璧に防禦された窓四郎が、飛び退がって八双に構えた。

ようやく政宗は、粟田口久国を抜き放った。両足の位置と剣先が〝線の構え〟をとる、あの流麗な下段の構えであった。

その構えを見て我を取り戻した浪人たちが、一斉に正眼に構えた。

「源さんは退がっていなさい」と、政宗。

「ですが……」

「退がっていなさい」

「わ、わかりました」

常森源治郎は数歩退がって、浪人たちへ剣先を向けた。

二人の浪人が左右から、政宗に突っ込んだ。手練れであった。二本の凶剣が申し合せたように、政宗の胸元へ伸びた。修練に修練を積み重ねた、鋭い突き技だった。切られた空気が、呼び子のように鳴る。

が、粟田口久国の剣先が、一合も打ち合わずに下から上へ跳ね上がるようにして円を描いたとき、二人の浪人の両手首は、腕から斬り離されて宙に舞っていた。

「ぐあっ」と苦悶(くもん)の呻(うめ)きを発した浪人二人の背を、窓四郎が袈裟(けさ)斬りに深々と割る。どうせ助からぬ、と読んでの介錯の積もりなのであろう。

浪人二人は声もなく、月下に沈んだ。

「お主のいまの小手斬り……お前さんも心形無刀流をやるのか」

「心形無刀流はやらぬ。いまの小手斬りは、窓四郎殿の真似をしたまで」

「なにっ」

窓四郎の顔から一瞬、表情が失せた。茫然自失に捉われたのか。

しかし、直ぐさま自分を取り戻して、正眼に構えた。

残った浪人三人はすでに気勢を削がれたのか、窓四郎の後ろへ退がって剣先を下げている。

窓四郎が斬り込んだ。激しかった。

粟田口久国と窓四郎の剣が、二合、三合、四合と激烈に打ち合って、バシッ、ガツンと鋼が唸り、刃がきらめいた。火花が弾ける。

窓四郎が体勢を変えようとしてか、左へ回り乍ら息を大きく吸った。彼にとってそれは、取るに足らぬ小さなひと休みであったが、それを見逃す松平政宗ではなかった。

彼の体がフワリと蝶のように、地から離れて宙に躍った。

窓四郎はこのとき、二つ目の呼吸をしようとするところであった。つまり剣と体と呼吸が僅かな時間寸断された状態を呈していた。それは剣客にとって、べつに深刻な事態ではない。

が、そこへ粟田口久国が、上から烈しく襲いかかった。

常森源治郎は見た。はっきりと見た。

粟田口久国がまるで豆腐でも割るように、窓四郎の左肩口から右脇腹にかけて優しく斬り込んだのを。

窓四郎は声もなく仰向けに倒れ、そして鮮血がほとばしった。まるで大人と子供のような勝負であった。段違いだった。

政宗は懐紙で刃を清めると、常森に「源さん」と促してみせた。

常森はすっかり戦意を失くしている三人の浪人たちから大・小刀を取り上げ、それぞれの腰帯で彼等の両手を後ろ手にしばった。

政宗は、雨戸が開いているところから、家の中へ入った。行灯が廊下にも座敷にも点もっていた。窓四郎たちの手で点もされたものなのであろうか。その明りの中に、無残な光景があって、政宗は肩を落とした。

第六章

一

紅葉色に埋まった午ノ刻(うま)（正午ごろ）。南禅寺（臨済宗南禅寺派大本山・左京区）で手を合せている二人がいた。

松平政宗と胡蝶の女将早苗だった。

政宗は此処へ来る途中の粟田口村（東山区）の刀匠に、刀を預けてきたところだった。大宮窓四郎を倒した、あの刀をである。自分の目で検(み)て刃毀(はこぼ)れは一つも無かったが、念のためだ。

早苗は、政宗が粟田口へ出かけると知って、「ご一緒させて下さい」と自分でついてきた。

一昨日の夜、いや正しくは昨日の丑三つ時、正宗が窓四郎ら凶賊を倒したことを、早苗はまだ知らない。

奉行所の高札が各所に立てられるのは、三人の浪人が正式に裁かれてからのことになる。

二人は南禅寺を出た。

「こうして若様と連れ立って歩くのは、何度目でございましょうか」

「二度目……いや三度目かな」

「五度目でございますよ。覚えてくださっていないのですね」

「胡蝶で早苗に会えれば、それでよいと思っているのでな。すまぬ」

「ところで母上様の、あのお話、その後いかがなりましたの」

「あのお話？」

「妻を娶る話でございますよ」

「ああ、あの話なら、まるで進んでおらぬわ。関心もない」

「関心がない、では母上様が余りにもお気の毒ではありませぬか」

「では、早苗はどうせよと言うのだ。犬猫の子を貰うように簡単にはいかぬ」

「それはそうですけれど……」

「早苗に一つ訊いておきたいことがあるのだ」

「わたくしに、でございますか」

「ま、昼時だ。その辺りで饂飩でも食べながら話そう」

「南禅寺の近くで美味しい饂飩を食べさせてくれる所と申せば、次の角を左へ折れて直ぐの二葉屋さんです」

「ほう、やはり小料理屋の女将ともなると、よく知っているのう。ときどきは通っているのだな」

「月に一度か二度、おトヨさんと二人で……あのひと、この近くで生まれ育ったということもございまして」

「そうか。トヨは、この辺りの生まれだったか」

「もっとも、今では身寄りもないので、胡蝶が終の住み処と思っているらしく、本当によく働いてくれます」

「客の評判もいいようだし、大事に使ってやるがよい」

「はい。そのつもりです」

　などと話を交わすうち、二葉屋の前に着いた政宗と早苗だった。南禅寺に間近なこの界隈は、茶飯屋、饂飩屋、団子屋などが立ち並び、参詣客で賑わっていた。辻を一つ二つ裏へ入ると、遠方からきた参詣客のために、茶屋旅籠とでも言うべきものが、軒を連ね始めている。泊まり客の求めがあれば肌を許す奉公人も、ちゃんと揃えているが女の奉公人だけではない。弛み肌の商家の女将などが連れ立って泊まると、その相手をする若く綺麗な男衆も揃っていた。

政宗と早苗は、ちょうど空いた店の一番奥の席についた。丸窓も縁側も土間の引き戸も開け放たれていたから、外で炎え盛っている紅葉の色が店の中まで染め、政宗の顔も早苗の顔も淡い朱色となった。

「今日の早苗は、また一段と美しいのう」

政宗はサラリと言った。感じたままを本当に淡々と正直に言った。よこしまな感情は皆無だった。だから罪な言葉であった。

そうした言葉に馴れているのか、早苗は口元にささやかな笑みを見せただけだった。

その言葉から先の、強い引きがないと早苗には判っていた。また、それを期待してはいけない、と自分を戒めてもいた。身分が違う、と。政宗のことで知っていることと言えば、紅葉屋敷だけであったが、その屋敷を見ただけで、「政宗様は途方もない御方」と早苗には判った。繊細な女の勘だった。

注文した饂飩が運ばれてきた。京では、江戸のように蕎麦屋はなかなかお目に掛かれない。なくはないが数は少なかった。二人は饂飩を口に運んだ。

「なるほど、これは美味しい」

政宗は目を細めた。

「ようございました……で、私に一つ訊いておきたいこと、というのは何でございましょう」

早苗はまわりを気遣って声を落とし、手にしたばかりの箸(はし)を碗の上に横にした。

「うん、それなんだが……」

と政宗も箸を休めて早苗を見たが、真剣なまなざし、という程のことでもなかった。

早苗は、それで少しホッとした。

「早苗は武家の娘か」

ホッとしたばかりの早苗の表情が、その言葉ではっきりと硬くなった。

「いいのだ。答えたくなければ……人には色々とある」

呟(つぶや)くように言って、また箸を動かし始めた政宗だった。

四人がけの席の隣の客——老夫婦——が、腰を上げた。店内は細長い床几(しょうぎ)の席と四人がけの洋卓(テーブル)の席とが半々だった。とは言っても、洋卓はまだまだ珍しい。また洋卓とは言っても、平板に脚を付けただけの単に便宜的で雑なものが多かった。江戸参府をする西洋人(オランダ)の泊まる京都(みやこ)とは申せ、彼等の文化がこの伝統的都市で広範囲に普及するには、まだまだ時(とき)が要(い)った。

早苗は、しばし俯(うつむ)いていた。

「どうしたのだ。饂飩が冷(さ)めてしまうではないか」

怪訝(けげん)そうに言う政宗だった。つまり「早苗は武家の娘か」という問いかけを、重い意味を込めて口にした彼ではなかったのだ。

「はい」と、早苗は箸を手に取った。

客の老夫婦が去って空いた席に、商家の主人(あるじ)と丁稚(でっち)らしいのが座った。

政宗と早苗は、饂飩を食べ終えて、二葉屋を出た。「おおきに。どうぞ、またおこしやす」と、若い下女のどこか華やいだ声が追ってくる。

二人は店構えや屋台が雑多に並んだ通りを、粟田口村の方へ戻り出した。

「若様わたくし……」と、早苗はそこで口をつぐんだ。

「ん?」

「わたくし、武家育ちに見えましたのでしょうか」

「はじめて会った時から、そう見えていた」

「おっしゃる通り、わたくしは、百石取りの小十人組番士でありました貧乏旗本の、娘でございました」と、早苗の口調が改まった。それまでの〝女将言葉〟ではなかった。

「生まれは江戸か」

「はい。生まれも育ちも江戸でございます」

「左様か。それ以上のことについて話したくなければ、話さずともよい」

「いいえ。そういう積もりは……むしろ若様には、わたくしの全てを知って戴きたいという気持が強うございます」

「なら、聞こう」

二人は南禅寺への参詣客で混み合う通りを、どちらからともなく左へ折れて、竹林の小道へと入っていった。

表通りはザワザワしていたというのに、竹林の小道はうそのように静かだった。

早苗は、松平政宗に控え目に寄り添い、視線を自分の足元に落として語り出した。

「父の名は高柳正吾郎と申しまして、若い頃から神田三河町の立身流兵法影山道場へ通い、十八歳で恩師影山龍造先生より免許皆伝を戴くほどの腕でございました」

「立身流兵法と言えば確か、剣術、柔、槍術、棒術、手裏剣などをやる合戦武術であったな」

「はい」

「戦場武術として常に高い技量、厳しい修練が求められ、これまでに多くの優れた兵法家を出している、と聞いたことがある」

「わたくしも、そのように今は亡き父から聞かされて参りました」

「父上は亡くなられていたのか」

「母は、わたくしを生んで間もなく病で亡くなり、わたくしは父の男手一つで育てられて参りました。普段は大変物静かな優しい性格の父でしたけれど、お酒を飲みますと性格が一変いたししまして」

「よくある話ではあるな」

「三年前のある夜、その酒が原因(もと)で、三名の同輩と小料理屋で口論となり、酒に酔った父は帰り途、三人に背後から斬(き)りつけられて亡くなりました」

「その三名というのは、確かに口論の相手だった三人だな」

「夜更けのことゆえ、父が襲われたところを見た者はおりませんでしたけれど、目付すじの幾日もに及ぶ丹念なお調べで父の背中の刀傷は、一人の者ではなく三人の者による、と判って参りました」

「小料理屋での口論は、大勢に見られていたのか」

「はい」

「その後、口論相手の三名の同輩はどうなったのだ」

「三名とも、神田三河町（現、内神田）にあります神念一刀流馬矢原(まやはら)道場の三羽烏(さんばがらす)と称されておりました手練れで、父が亡くなった二日後、三名揃って江戸を離れました」

「江戸を離れた？……お役目を放棄して逃走したというのか？」

「いいえ。かなり以前より、剣客としての資質向上のため三名の諸国武者修業、の御願い書が神念一刀流の馬矢原玄介(げんすけ)先生から**老中・若年寄会議**へ出されておりましたようで、それの御許しが出たのです」

「なるほど。三名はその御許しに値するほどの剣客として、すでに上級幕僚たちにまで名を知られていたのだな」

「はい。その点については間違いございません」

「しかも神念一刀流の馬矢原玄介先生と申せば、人格高潔なる大剣聖として、また朱子学者として京、大坂にまで名を轟かせた御方。老中・若年寄会議への武者修業の御願い書は、真に三名の資質向上を願った純粋なもの、と考えてよいだろう」

「わたくしも、そのように思います」

竹林の中で、秋鶯が囀った。肌に心地よい秋のそよ風が、優しく竹林を通り抜けていく。

「で、武者修業の期間は？」

「三年以上、五年以内らしいと小十人組の番士の方より聞いておりますが、あくまで、らしい、という話でございまして」

「早苗は、その三人を追って京へ来たのか」

「はい。父と親しかった小十人組頭から、三人がどうやら京で生活しているらしいと聞かされたものですから」

「父の仇を討ちたいのだな」

「敵わぬまでも、せめて真似ごとなりと……と思っております」

「それにしても、一人京へ出てきた女の早苗が、あれほどの小料理屋を、短い間によく持てたものだ」

「父は酒に飲まれる人でしたけれど、日頃の生活は質素で常に自制的でございました。で、父が亡くなりましたあと、私の嫁入りに備え相当な金子が蓄えられていることが判りました。これは花嫁衣装代として、これは持参金として、これは早苗が日常自由に遣える金子として、という具合に細かく几帳面に区分けされ……」

そこまで言って早苗は声に詰まり、着物の袂で目頭を押さえた。

「その金子を手に京を訪れ、先ずは生活の拠点として小料理屋を手に入れたと申すか」

「その通りでございます」

「して、仇の三人の居場所は？」

「まだ摑み切れておりませぬ」

「三人の姓名、顔、体つき、年齢は当然のこと判っているのだな」

「はい。記憶が薄れてしまってはいけませぬゆえ、京に着いて直ぐ絵師に三名の容姿の特徴を描いて戴きました」

早苗はそう言うと、懐から四つに折り畳んだ紙を取り出し、開いてから政宗に差し出した。

松平政宗は一枚一枚を見ていった。特徴ある似顔絵の左横に、姓名などが書いてある。

辰巳俊之助　身長五尺七寸　四十二歳　色浅黒し
久保澤平造　身長五尺七寸五分　四十一歳　色白
大塚忠明　身長五尺六寸　三十九歳　色浅黒し

政宗は頷いて、それを早苗の手に返した。

「手を見せてみなさい。右手でも左手でもよい」

「え……」

「さ、見せてみなさい」

早苗は右手を心持ち前に出したが、うなだれ消極的であった。

政宗は彼女の手を取り、掌（てのひら）を見た。

「やはりな……」

「若様」

「幾つのときから、父上より剣法を教わっていたのだ」

「三歳の頃より、小太刀を教わっておりました」と、蚊の鳴くような声の早苗だった。

「手の甲は若い女らしく瑞々（みずみず）しく美しいが、掌（てのひら）は厚く剣士のそれだ。生半（なまなか）な修練では、とてもそれほどにはならぬ」

「恥ずかしゅうございます」と、早苗はまた目頭を指先で押さえた。

「何が恥ずかしいものか。女の身でよくぞ、そこまで修練したものよ。で、父上との稽古（けいこ）勝負はどうであった」

「十六歳の頃より小太刀では、父は私に勝てなくなりました」

「うむ」

政宗は足を止めると、早苗の肩へ腕をまわし、軽く抱くようにしてやった。

「えらいぞ早苗。よく頑張った。今日からはこの松平政宗が、胡蝶の客を超えて早苗の後ろ盾となろう。何も心配せずともよい。心おきなく三名の仇(かたき)を探すことだ」

「本当でございますか若様」

「それとな。胡蝶のやりくりに追われ、早苗の小太刀の腕はおそらく鈍っておろう。それはこの私が直してやる」

早苗は政宗の袖(そで)にしがみ付くようにして、とうとう泣き出した。美しい女の涙姿は、このうえもなく艶(あで)やかであった。

向こうから、大八車に薪や野菜を山積みにした百姓がやって来て、二人の横を遠慮がちに通り過ぎる。

心も姿も美しいこの女は、今日までどれほど心細かったことであろうか、とその心中を察する政宗であった。

二

連続した惨殺事件の解決に加え、連続押し込み強奪事件までが解決した高札が、京都(みやこ)の各所に立てられたことで、町は活気と明るさをようやく取り戻し始めた。

ほとんど眠ることなく事件解決のため市中を駈け回っていた所司代・町奉行所の与力同心たちも、やっと非番が取れるようになった。

この日、奉行から三日間という異例の休日(非番)を頂戴(ちょうだい)した常森源治郎は、それでも町方同心の身だしなみと十手を忘れず、ぶらぶらと堀川(現、堀川通に沿って一部残存)の右岸に沿って歩いた。難事件が解決しただけに、いい気分だった。しかも奉行から三日間の公休を貰っている。朝、得次を医師順庵宅へ見舞うと、これもすこぶる順調に回復していると判ったので、一層のこと気分がよかった。

「あ、常森様……」

先の角から、ひょいと姿を見せた中年の男が、丁寧に腰を折った。

「よ、三次(さんじ)。見回りか」

「へえ。これから西京村界隈の寺町（現、上京区七本松通かいわい）を見て回ろう思てますねん」

生っ粋の京都人の三次という実直な目明しだった。江戸者（もん）の得次とも仲が良い。

「今朝、得次を見舞ってきたが、元気そうだったよ」

「それは、良うおました。儂（わし）も夕方までには見舞うようにしまっさかい」

「うん、そうしてやってくれ」

「旦那はこれから、どちらへ？」

「ちょいと、やぼ用だ」

「そうですか。ほんじゃ、私はこれで……」

「気を付けてな」

二人は北と西へ分かれた。

「これは常森様いいお天気で……」

「よ、平野屋の番頭さん……」

見回りで顔見知りとなっている商家の番頭が、笑顔ですれ違った。お愛想の笑顔ではなく、明るかった。各所に立てられた事件解決の、高札のせいだろうか。

常森は堀川に沿って丹波・園部の小出氏の京屋敷手前（現、一条通の一条戻橋付近）まで進み、其処を右に折れて上行寺という寺の前を過ぎ小川沿いに（現、埋立てられ小川通）北へ向かった。

行き先は決まっていた。松平政宗の紅葉屋敷である。

「それにしても……」

と、常森は腕組をし、歩きながら考え込んだ。

（若様のことを、少将様、と呼んだ公家屋敷の老下僕や近衛家の老随身がいたが、あれは何を意味するのだろうか。少将と言えば朝廷近衛府の要職。しかし若様が朝廷の仕事に就いている様子は、今のところ全く窺えないし……）

常森は首をひねった。もう一つ常森の頭から離れないのは、政宗が自分の父親について「わが父は御所に御座す」と、さり気なく言ったことだった。常森は政宗のその言葉を、父親は朝廷の要職に就いている、と自分なりに解したのであったが、その解し方に疑問を抱き始めていた。

「どうも判らぬ……」と呟いて、常森は足を早めた。向こうに、紅葉屋敷が見え始めていた。白壁の塀の上から、真紅に染まった枝々が覗いている。その白壁の塀の高さと新しさも、常森は気になった。屋敷は相当に古く質素であるのに、白壁の塀だけは数か月前にでも造り替えられたかのような新しさであった。そして塀の高さも、界隈に見られる公家・武家屋敷の塀よりも、かなり高い。

その高さを用心塀（防禦用）、と彼は捉えた。つまりそれは、貴人が邸内に住んでいることの証とも取れる。

常森が紅葉屋敷の四脚門の前に立って、緩やかな三段の石段の一段目に足を乗せようとしたとき、潜り戸が僅かに軋んで開き、姿勢も身なりも正しい老人が姿を見せた。

常森にとって見覚えのある、老人だった。曇華院近くで出会った近衛家の駕籠行列の先導役だった、あの老随身である。

随身とは、かつては弓箭を帯し貴人の警護を担う武官を指し、朝廷近衛府に属する「近衛舎人」を指す場合が多かったが、時代が流れ十一世紀以降になると、次第に主家に仕えて主従関係を結ぶ〝家人化〟の傾向を見せるようになった。

常森は老随身に向かって黙礼し、相手も同様に応じた。常森のことを全く記憶にない者の、表情であった。

「あのう……」

常森は、すれ違った相手の背に、遠慮がちに声をかけた。

老随身は振り返ってから、いかにも怪訝といった顔つきをつくった。

「近衛様の御屋敷の方と、お見受け致しましたが」

「いかにも。近衛家に仕える者でございますが、あなた様は？」

「京都東町奉行所の同心、常森源治郎と申しまする」

「なるほど。そう申せば町方同心の身だしなみでございますな。で、わたくしに何か？」

町方同心と判って、老随身が警戒の目の色を見せた。誇り高くとも幕府に経済力をもぎ取られた京の公家たちにとって、幕府の侍は寛容に受け容れ難い相手であった。京都所司代にしろ京都町奉行所にしろ、朝廷・公家の監視・監理は重要な日常任務の一つである。

「わたくし常森源治郎は、縁あって最近この御屋敷のお館様と懇意にさせて戴いておりますが、あなた様に一つお教え願いたいことがございまする」

「はて、どのような？」

「此処のお館様が時に、少将様、と呼ばれていることを耳に致したことがございます。この少将の意味ですが、朝廷近衛府のお役職を指す少将と解して宜しいのでございましょうか」

「左様。近衛府の少将に相違ありませぬが」

「すると、お館様はそのお役目のため、朝廷に勤めに御出なさっておられますので？」

「はて、これは面妖なるお訊ねですな。お館様と懇意であられるなら、あなた様自らのお口でお訊きなさるがよかろう」

「あ、これは……なるほど、その通りで」

老随身は常森を軽くひと睨みすると、くるりと背を向けて歩き出した。

常森は胸の内で舌を打ち鳴らして苦笑すると、四脚門の方へ向き直った。

潜り戸が半ば開いていて、竹箒を手にした老下僕が笑顔を覗かせていた。奉行宮崎とこの屋敷を訪れた際に接した、あの老爺――喜助――だった。

「御出なされませ」

「や、見られていたのかな」

常森は四脚門の内側へ入り、老爺が潜り戸を静かに閉じた。

「お館様は、奥座敷の裏手の庭に出ておられます」

「奥座敷というと、奉行宮崎様とお訪ねした折の、突き当たりの座敷ですか」

「はい」

「では参らせて戴きます」

「どうぞ……」

老下僕に対してと言えども、常森の言葉遣いは丁寧だった。それは老爺の後ろにいる松平政宗への、敬いを表しているもの、と言ってよかった。

熟した紅葉で朱色に染まった真っ直ぐな石畳を、常森は奥へ向かった。

(この館の紅葉は本当に美しい……)

常森が長い石畳の中ほどまで来て、そう思ったとき、前方からカンッという音が一度聞こえてきた。かわいた鋭い音であった。

「木刀?……」と、常森は呟いて足を早めた。木刀稽古(げいこ)で打ち合った音ではないか、と思った。ということは、正宗以外に誰かいる、ということになる。

また聞こえてきた。今度は、三度連続した。その音、その打ち合う速さから、常森はかなりの手練れが木刀を握っている、と思った。一方は若様だとして、では相手は誰か、と彼は考えた。

奥座敷の前までできた彼は、裏手の庭へ行こうとして、右手の方へ回った。

芝を張った広々とした庭が、常森の目の前に次第に現われ出した。京での芝生の利用はかなり古くからあって、平安時代の寝殿造庭園ではすでに用いられていたが、江戸期に入るまでは上流階級武家・貴族の庭園に利用されるにとどまっていた。

それが今では（一六七〇年代では）裕福な町家の庭や火除地（ひよけち）などにも、芝が張られるようになっている。

「あ……」

芝を張った左手奥まで見える位置まで来て、常森の足が思わず止まった。

彼は建物の角から、おのれの全身を露（あらわ）にすることをとどまった。

大きく見開いた目が、驚いている。

芝の上で、二人の人間が木刀を手に対峙（たいじ）していた。

一人は松平政宗、そしてもう一人は……。

「女将」と呟いて、常森源治郎は建物の角深くへ体をひっこめた。

政宗と対峙するもう一人は、彼が近頃通い始めている小料理屋「胡蝶」の女将、早苗であった。まれにみる美しさを天から与えられた女性（ひと）、そう眺めてきた胡蝶の女将が、小寸の木刀を手に政宗と向き合っている。常森には信じられぬ光景だった。

彼は、建物の角から、そっと顔半分を出した。凜（りん）とした早苗の構え方が、生半なものではないと常森にも判った。

（一体どういうことだ……）

訳が判らず、常森は頭を混乱させた。早苗の美貌（びぼう）と小寸の木刀とが、全く似合っていなかった。似合っていない、と常森の目には映った。だから頭が混乱した。

この屋敷に早苗がいることの意味も、堅物の彼には判らなかった。

大寸の木刀を正眼に構えていた政宗が、上段の構えに移して腋（わき）を開けた。

まさにその瞬間、早苗は滑るように政宗に迫って、腋に打ち込んでいた。

小寸の木刀の唸（うな）りが、常森まではっきりと届いた。

政宗の大寸の木刀が、ゆるやかな動きでそれを受けて弾くと、早苗が二撃、三撃と手首、眉間(みけん)へと打ち込む。

（速い……）と、常森源治郎は早苗の業(わざ)に息を止めた。早苗が町人の娘ではないことも、その連続攻撃で判った。確信があった。常森も苦手ではあったが少しは剣術をやり、十手術の修練は充分に積み重ねてきた。町人の娘では、三年五年の修業に耐えたとしても、とても目の前の早苗ほどにはなれないと思った。

休まず五撃目を打ち込んだとき、早苗の木刀が政宗に叩き落とされた。

「よし。今日はこれまでにしておこうか。呼吸が、だいぶ整ってきているな」

「有難うございました」

「湯が沸いていようから、汗を流してくるがよい。このあと胡蝶の仕事が控えておるからな」

「ですが……昨日もわたくしが先に頂戴いたしました」

「それでよい。言う通りにしなさい」

「では、お言葉に甘えさせて戴きます」

早苗が政宗に深々と頭を下げると、庭先に中年の下女が現われて「さ、御出なされませ」と促した。

早苗が「恐れ入ります」と応じながら政宗の前から離れると、政宗は常森源治郎の方へ手招く素振りをして見せた。

常森は腰を低くして、建物の陰から出た。早苗が反対側の建物の陰へと消えていく。

「お気付きでございましたか若様」

「そろそろ訪ねて来る頃であろうと思うておったのでな」

「それにしても驚きましてございます。胡蝶の女将とすでに、お知り合いであられたとは」

「ははは、すまぬ。もっと早くに打ち明けるべきでありましたな」

「胡蝶の女将の小太刀の業は、相当なものと見ましたが……もしや武家の出では」

「うむ」と頷いて、政宗は彼女がこの紅葉屋敷を訪れている理由を話して聞かせた。町方同心常森源治郎の人柄に対する信頼が、政宗の口を開かせた。

早苗の隠された事情を知って、常森は「へえ……」と改めて驚かざるを得なかった。

「そう言えば、あれだけの美貌、あれだけの艶やかさに恵まれていながら、浮いた噂一つ無いのを、妙だと思ったことがありましたよ」

「父の敵を見つける迄は、そしてその敵を討つ迄は、と己れを常に厳しく律していたのであろう」

「誰に頼ることもならず、ひとり己れを厳しく律するというのは、辛いことでございましたでしょうなあ」

「左様さ」

「若様、女将の敵とされる辰巳俊之助、久保澤平造、大塚忠明の三名の行方。この京に潜伏しているらしいとのことですから、私にも探させてください」

「お役目で京の町を歩き回ることの多い源さんが協力してくれるなら、早苗もさぞかし心強く思うだろう。是非とも頼みたい」

「承知いたしました。配下の者にも、それとなく耳打ち致しておきましょう」

「但し、相手三名はいずれも神念一刀流の手練れと聞く。見つけても迂闊に近付き過ぎぬ方がよいぞ」

「心得ました」

答えた常森の肩が、心なしか力んでいた。早苗を意識しての、力みなのであろうか。

三

早苗は湯舟に雪肌の胸元まで体を沈めて、格子が細目に開いている櫺子窓(れんじまど)の向こうを眺めた。

松平政宗と常森源治郎が、芝庭で何やら親し気に話しているのが見えた。

(町方の常森様が、なぜこの御屋敷に?……)

早苗は、常森源治郎の出現を、意外に思った。三、四か月ほど前より胡蝶へ、ときどき通ってくれる、酒癖のよい明るい気性の客だった。むろん今では、素姓も判っている。

(人の縁は、どこでどう繋(つな)がっているか判りませぬなあ……)

早苗は胸の内で呟き、櫺子窓に背を向けた。

透き通った湯の中で、真っ白な豊かな乳房が、妖(あや)しく揺れていた。

このとき脱衣の間の引き戸の、開く音がした。

「早苗様そろそろ、お背中を、お流し致しましょう」

早苗の名をすでに知っている先程の中年の下女の声であった。

この屋敷で早苗が政宗相手に、小太刀の稽古をするようになってから三日が経っていた。その三日の間、いつも浴室まで案内をしてくれる気さくな下女であったが、お背中を流しましょう、と言われたのは今日がはじめてだった。

「いいえ。自分で洗いますので」と、早苗はやわらかな言葉で遠慮した。

「政宗様の母上様のお申しつけでございます。今日は湯浴みのあと、母上様に会って戴きます」

「え……」

予想だにしていなかった下女の言葉に、早苗の鼓動が湯の中で、大きく乱れた。

「あのう……」

「さあさあ、お流しさせて下さりませ」

下女が湯殿に、笑顔で入ってきた。その自然に見える角の無い振舞が、この館で長く仕えていることを思わせた。

「このわたくしが政宗様の母上様に、お目にかかるのでございますか」

早苗は、自分の聞き間違いでは、と思ったので確かめた。紅葉屋敷の四脚門を潜るようになって三日になるが、政宗の家族肉親には、まだ誰ひとりとして出会っていない。遠くから見かけたこともない。

「さようでございますよ。母上様がお目にかかれるのを、とても楽しみになさっておられます」

「わたくし……どう致しましょう」

早苗にようやく、うろたえが生じた。

「何がでございますか？」と、下女が目を優しく細める。

「何がって……」

「ほほほっ。ありのままで、お会いなされませ。さ、お背中を」

早苗は仕方なく、下女に背中を向けるようにして、湯舟の外に出た。

「おお、なんと美しいお体でございましょうこと。まるで雪のように、お白くて」

早苗はそう言われ、女性にしては大柄な豊かな白い体を、窮屈に縮めた。同時に、目の前の下女に対して今日まで抱いてきた遠慮が、薄らぐのを覚えた。

「あなたの御名前を、まだうかがっておりませんでしたわね」

下女が背中を流し始めると、早苗は訊ねた。

「コウと申します。松平家でお世話になるようになって、もう二十三年になりましょうか」

「まあ……それ程に長くですか。では、このお館のことは何事でも判りましょうね」

「女中の仕事、台所の仕事、庭の手入れから薪割りまで、このお館に必要な日常のことは全て任されておりますから」

「お一人でなさっているのですか」

「私と同じ村に生れた若い百姓娘二人と、あと私の遠縁に当たる年寄りがひとり、下男としてお世話になっています」

「そうですか」

「御方様が私ども下々の者を大切にして下さいますので、恵まれた生活をさせて戴いておりますのですよ」

「それはよかったですね」

「すこし喋り過ぎてしまいました。このお館では、うっかりと喋り過ぎることに注意いたしませんと」

「御方様がお厳しいのですか」

「いいえ。御方様は何事にも寛大なお人柄です。それだけに私どもは常に気を配り用心致しませぬとね」

コウは、そう言い残して、湯殿から出ていった。まるで、それ以上喋ることを避けようとするかのような、出ていき方だった。

早苗は、政宗の母〝御方様〟と会うことに、不安を覚えた。ただ単に小太刀の呼吸を取り戻すために、紅葉屋敷を訪れているという意識が強かっただけに、不安は胸の中で膨らみ続けた。

湯浴みを終えて脱衣の間に戻ってみると、濡れた体を拭くための浴衣がいつものように用意されてあり、その他によく研かれた銅鏡と白粉それに口紅が整えられていた。白粉と口紅が整えられていたのは初めてであり、いずれも真新しいものであった。

早苗は浴衣を着て体の水滴を取り、よく乾かし、身繕いをし、鏡を見ながら薄化粧をした。脱衣の間から出るとコウが控えていて、早苗を見るなり溜息を吐いた。

「ほんにまあ、早苗様のお美しいこと。女の私でさえ惚れぼれと致します」

「このような普段着のまま御方様にお目にかかっても、宜しいのでしょうか」

「そのようなことには、御方様はこだわりなさいませんから」

「御方様にお目にかかれると判っておれば、いま少しましな着物を着て参りましたものを」

「ご心配いりませんことよ。それよりもね早苗様、私は早苗様のことを御方様に、とてもいい女性です、としか話しておりませんのですよ。ですから早苗様の美しさに触れて御方様がどのように驚きなさいますか、少し楽しみなのです」

コウはそう言って肩をすぼめ、ふふっと小さく笑って見せた。

「まあ、おコウさんたら……わたくし困ります」

と早苗も品よく苦笑を漏らした。

「さ、参りましょう。こちらへ、どうぞ」

「はい」

早苗は一層のこと鼓動の高鳴りを覚えた。松平政宗に初めて会ったときから〝自分とは身分が違い過ぎる世界のお侍様〟と眺め、胡蝶の大切な一人の客として接するように努めてきた。それだけに、今のこの胸の高鳴り乱れに、とまどうばかりであった。

(わたくしは、政宗様の母上様とお会いできることに、何か特別なことを期待しているのであろうか)

コウの後ろに従い紅葉で朱色に染まった長い廊下を歩きながら、早苗は自分に問いかけてみた。だがそれに自分で答えることを恐れた。答えることで、自分がとても見苦しい女に陥るような気がした。答えるべきでない、と思った。障子が閉じられた座敷の前で、コウの足がとまった。

紅葉の枝が障子に黒い影を映して、揺れている。

コウが腰を下げ、早苗も着物のすそを乱さぬよう静かにゆっくりと正座をした。

「御方様、早苗様をご案内申し上げました」

「おお、参られましたか。さあ、お入りなされ」と障子の向こうで澄んだ声がした。

「失礼いたします」と言いながら、コウが障子を開けた。

早苗はコウの後ろに控えていたから、座敷の中のひとは見えなかった。

「早苗様、どうぞ……」とコウに促されて、早苗は腰低い姿勢で位置を移し、かわってコウが滑るように退がった。

「高柳早苗と申しまする。本日は……」

早苗が三つ指ついて深々と頭を下げ挨拶（あいさつ）しようとするのを、物静かな言葉がふんわりと遮った。

「固苦しい挨拶はあと回しにして、さ、お入りなさい。そして顔をお上げになってよく見せて下さいませぬか」

「はい」

早苗が座敷の中へ入ると、後ろで障子が音もなく閉じられた。この屋敷のあらゆるものの動きが、やわらかく控え目であると、早苗は思った。

「もしや、と思うてはおりましたが、やはりこの上もなく美しい御方でありましたなあ。お名前と、政宗相手に小太刀の修練をなさる事情については、あの子から聞かされてはおりましたが」

「政宗様には勝手なことをお願い致し、心苦しく思っておりまする。どうか御容赦くださりませ」と、早苗は相手を見た。若々しく美しい、政宗の母であった。年齢(よわい)、四十半ば過ぎ、といったところであろうか。

「心苦しく思うことなどありませぬ。政宗相手に充分なる稽古を積み、無事に本懐を遂げなされ。それにしてもまあ、女ひとり、遠い江戸からよくぞ出てこられたことです。心細かったことでありましょう」

「あのう……」

「はい？」

「わたくしは現在(いま)、胡蝶という名の小料理屋を営んでおりまする」

早苗が早目に打ち明けたかったのは、そのことであった。小料理屋の女将が紅葉屋敷へ出入りすることを政宗の母に許されるかどうか、不安だった。いや、政宗が自分のことを小料理屋の女将として、母親にありのまま話してくれているかどうか自信がなかった。

が、政宗の母親は微笑んで頷いた。

「そのことも政宗から聞かされておりますよ。なんでも大層、料理の味がよくて客筋もいい品格のあるお店だとか」

「政宗様が、そのように申しておられたとは……恥ずかしくて顔が赤くなります」

「のう早苗殿。そのうち、わたくしも胡蝶へ招いて下さりませぬか」

「え、御方様をでございますか」

「わたくしは小料理屋というお店が、どのような店かは知りませぬ。近頃、祇園社(八坂神社)手前の四条通界隈に、小料理屋と称する新しい形の店が目立ち始めていると、この屋敷の使用人たちから聞かされてはいますが」

「胡蝶は小さくて貧相なお店でございます。とても御方様に来て戴けるような雰囲気の店ではありませぬ」

「胡蝶が小さくて貧相なのに、料理の味もよく客筋もいいとなれば、ますます関心があります。そのうち是非とも、お招きくだされ……ね、早苗殿」

「は、はあ……それ程に申されまするのなら」と早苗は困惑した。政宗のことを、当たり前な侍ではない、と思い始めている早苗であった。もしかして〝お公家様〟つまり貴族侍ではないか、とさえ想像を膨らませている彼女であった。その政宗の母が、胡蝶を訪ねて来るというのだ。

「そうそう。早苗殿には、わたくしはまだ自分の名を名乗ってはおりませなんだな」

「滅相もございませぬ。御方様とお呼びさせて戴くことが、作法と存じあげまするゆえ」

「わたくしの名は**千秋**（ちあき）……千（せん）の秋（あき）と書きまする。どうぞ覚えておいて下され」

「はい……勿体（もったい）のうございます」

早苗が恐縮して頭を下げたとき「母上、お邪魔して宜しいか」と障子の外で政宗の声がした。

四

早苗は常森源治郎と一緒に、紅葉屋敷を出た。

他愛ない話を交わしながら三条通まで来て、二人は其処で別れた。

別れぎわ常森がさり気ない感じで「店まで送りましょうか」と言ったが、早苗は「まだ日が高うございますから大丈夫です」と丁重に断わった。

常森は「うん、そうですな」と、あっさり早苗に背を向けた。正宗と早苗との立ち合いを見ていたから、「大丈夫」とでも思ったのであろうか。

早苗は矢田寺と誓願寺（現存）に挟まれた通りを東へ向かい、高瀬川の高脚橋（陸橋形。下を高瀬舟が通行）を越え、鴨川にかかった三条大橋を渡った。

政宗の母に見送られて紅葉屋敷を出た時から、早苗は心に決めていた。それを実行するためには、ある場所へ行かねばならない。彼女は其処へ足を向けていた。三条大橋を渡って道なりに真っ直ぐ行けば、粟田口村を過ぎて南禅寺の広大な境内に突き当たる。

彼女は、その南禅寺境内の直前を左に折れて北へ進み、百姓家や町家が混在する畑中の道を、およそ二町半（約二五〇メートル）ばかり行ったあたり（現、左京区岡崎円勝寺町あたり）で立ちどまった。

目の前に、周囲（まわり）の百姓家や町家とは趣を異にする、黒瓦屋根のどっしりとした構えの商家があって、南禅寺への参詣客と判る老若男女が、ひんぱんに出入りしていた。店から出てくるどの客の手にも、花鳥風月画の団扇（うちわ）がある。

店出入口の右側には、「**小丸屋住井**」と彫られた大きな銘板が掛けられていた。

この店が〝**深草うちは**〟で大坂、江戸にまでその名を知られた高級団扇の老舗だった。京・深草の真竹を使って寛永の頃（一六二四年頃）から〝**深草うちは**〟を手がけ、とりわけ今から十年ほど前（一六六〇年頃）に創作した**棗（なつめ）の実形の花鳥風月画団扇**は飛ぶように売れて、十年経った今もその人気は衰えていない。

柄に骨を一本一本差していく〝差し柄団扇〟と違って、〝**深草うちは**〟は一本の竹を細かく割き手の指を広げるようにして骨を形成し、しっかりと地紙を張り合わせるため、その丈夫さは格別だった。

早苗は、政宗の母が胡蝶を訪れたとき、この「**小丸屋住井**」の**深草うちは**を、幾つかの花鳥風月画を組み合せて贈ろう、と思いついたのである。

胡蝶にも二本ばかり深草うちはがあって、あまりに出来ばえが素晴らしいため、飾用として大事に店の壁に掛けてある。

早苗は、店の外にいた丁稚に「ようこそ、おいでやす」と迎えられ、小丸屋住井へ入っていった。

南禅寺の参詣客で、店内は華やかに立て込んでいた。

壁に沿ってしつらえられた棚には、**棗**(なつめ)**の実形の高級団扇**が、ずらりと立てかけてあって、客がその棚の前で、あれを手に取り、これを手に取りして選んでいる。**どの団扇も絵入り**で、裏側は白紙(しらがみ)となっていた。ここへは自作の和歌などをしためて、風流を楽しむのである。女が男へ、男が女へとおくる恋文のかわりにもなる。

早苗は五本を買って、「小丸屋住井」を出た。早苗の母親は、彼女を生んで間もなく鬼籍に入った。したがって早苗は、母親の情愛というものを知らない。

その早苗にとって、今日はじめて会った**松平政宗の母千秋**は、鮮烈な印象だった。美しく気高く、何よりも優しかった。顔知らぬ自分の母も、あのような女性であったのだろう、と思いたかった。そう思うことで、心があたたまった。

早苗は五本の団扇を胸に抱くようにして、家路を急いだ。胡蝶を夕方に開ける下準備はトヨが整えてくれている筈だった。一生懸命に実によく働いてくれるトヨの存在を、早苗は有難いと思っている。

早苗は大津街道（現、三条大橋から東の三条通）に入って西へ急ぎ、白川という清楚(せいそ)な流れ（現存）の手前まで来て、ふと足を止めた。この辺りは粟田口村で、左手の畑の広がりの向こうに青蓮院（現存、東山区粟田口三条坊。天台宗門跡寺院）と知恩院（浄土宗総本山）の、こんもりとした境内の森が見えている。

が、早苗の視線は反対側の白川のほとりに向けられていた。そこは刀鍛冶の住(すま)居(い)が建ち並んでいる一画で、その中に冠木(かぶき)門をこちらに向けた黒塀の小屋敷があった。そこが先日、早苗をともなった松平政宗が愛刀粟田口久国を預けた名刀匠**陣座介吾郎**(じんざすけごろう)の住居である。

その小屋敷から今、**白髪の小柄な老人陣座介吾郎**が出てきたところだった。年若い弟子らしいのと一緒で、その若者は濃紺の風呂敷に包んだ細長いものを、大事そうに抱えていた。

早苗は老刀匠が近付いてくるのを待ち、視線が会うと笑みと共に丁重に腰を折った。

「お、あんた様は確か……」と、老刀匠の表情が緩んだ。

「先日、松平政宗様に御供してお訪ね致しました高柳早苗でございます」

「そうじゃ。早苗殿であったな。その団扇、小丸屋住井にでも行かれたのかな」

「はい。政宗様の母上様に差し上げようかと思いまして」

「その政宗様からお預かりしていた粟田口久国をこれから届けるところじゃ。ちょうどよい。ご一緒なさらぬかな」

「お宜しいのでしょうか」

「宜しいも宜しくないも、目的地が同じなのじゃ。連れ立って訪れたからと言うて、一向に不自然ではありますまい」

「それでは御一緒させて下さいませ」と答えながら、早苗は夕方の店開きの準備を気にかけた。しかし、陣座介吾郎と共に紅葉屋敷を再び訪ねようとする気持は、もう固まっていた。

　三人は大津街道を西へ向かって歩き出した。

　陣座介吾郎が、さっそく訊ねた。

「早苗殿は、政宗様とは旧(ふる)くからの御知り合いかな」

「いいえ、政宗様は、わたくしが営んでおります小料理屋の大切なお客様です」

「ほう。早苗殿は小料理屋の女将であられましたか」

と陣座介吾郎は、べつに驚いた様子もない。

「で、その小料理屋の名は？」

「胡蝶と申します」と、早苗は字体の説明も付け加えた。

「胡蝶……いい名じゃ。これから繁盛を続け、大きな料理屋になっていきそうな品のある名じゃな」

「有難うございます。胡蝶が大店(おおだな)となるよう頑張ります」

「早苗殿なら大丈夫じゃろ。**客商売味商売は女将の人柄ひとつで客の入りが決まる**というからのう」

「お師匠様もぜひ一度いらして下さいまし」

「いやいや、昨今の刀鍛冶の懐は淋しい。小料理屋へ出入りできる余裕なんぞはないわな。はははっ」

陣座介吾郎は破顔した。

次第に鴨川に近付いてくると、町家と中小の寺院が混在し始めた。それら寺院の中で比較的大きな構えの古い山門の前で、老刀匠の足は止まった。

「この古寺はの早苗殿、正しくは〝刀が栄える寺〟刀栄寺と申すのじゃが、別名鍛冶寺とも言ってな、われわれ刀鍛冶の守り本尊が祀られておりますのじゃ。で、研ぎ上げた刀、新しく作った刀などは、先ずこの寺で清めてから人様に手渡すようにしておりましての」

老刀匠はそう言うと、山門に向かって軽く御辞儀をしてから、五段ある石段をゆっくりと上がり出した。早苗は老刀匠に続く若い弟子の後ろに、従った。もちろん刀栄寺は、彼女にとって初めて訪れる寺だった。

山門を潜って、早苗は思わず息を飲んだ。正面の本堂に向かって長く伸びる石畳の内参道の両側を、白菊がびっしりと埋めて目の醒めるような美しさであった。馥郁とした香りが境内に漂っている。

「綺麗でありましょう早苗殿。この白菊が刀栄寺の自慢なのじゃが、知っているのはほとんど刀鍛冶ばかり。だからこの寺は、いつも界隈一の貧乏寺ですわな」

そう言って笑う老刀匠陣座介吾郎だった。

「心あてに折らばや折らむ初霜の……」

中空を見てうたい出した老刀匠の言葉が、そこで詰まった。忘れてしまったのか、ちょっと首を傾げている。早苗は微笑みながらそのあとを控え目な調子で継いだ。

「……置きまどはせる白菊の花」

「おお。早苗殿はやはり、私が思っていた通りの御方のようですな」

「え？」

「お武家の育ちでございましょう。それも実に、きちんとお育てになられたに相違ない。古今集巻五のこの歌を、すらりと口に出せる女性は、そう多くはありません」

「たまたま知っていただけでございます」

「女性にしては大柄でおられるが、足の運び、目の配り、言葉づかい、そして全身から香り立つ気品など、早苗殿は並のひとではないと思うておりましたよ」

「確かに武家育ちではありますけれど、父は百石取りの貧乏旗本でございました」

「ひとの出来、不出来は、禄高や地位とは関係ござらぬよ。あなたが営まれる胡蝶は、間違いなく大成しましょう」

老刀匠はそう言うと、本堂に向かって歩き始めた。

「ぎゃっ」という悲鳴が聞こえてきたのは、この時であった。三人は驚いて、悲鳴が聞こえてきた本堂の左手奥の方へ視線をやった。

「分吉よ、いま確かに悲鳴がしたな」と老刀匠は、後ろにいた若い弟子を振り向いた。

「はい、お師匠様。本堂奥の宝物殿のあたりからではないかと……」

「あの頑丈な宝物殿には粟田口一門が手がけた、希代の名刀六振りが寺への寄贈品として納まっている。合わせて六、七千両はする逸品じゃ。何事もなければよいが」

老刀匠がそう言ったとき、またしても悲鳴が伝わってきた。

「いかん」と老刀匠は走り出し、その後に弟子が続いた。早苗は突然の出来事に困惑したが、〝深草うちは〟を胸に二人の後を小走りに追った。

本堂の脇を抜け、真っ赤に紅葉しているモミジ林を抜けると、六角屋根をした見るからに頑丈そうな白壁二層の建物があった。

それが宝物殿だった。

「ああ……」と老刀匠がのけぞるようにして、足を止めた。あとに続く若い弟子も、声にならぬ声を出して立ち竦む。

宝物殿入口の前に、老僧と寺男らしい老爺が朱に染まって倒れていた。

「和尚……」と駈け寄ろうとする陣座介吾郎の肩を、「お待ちください」と後ろから押さえたのは早苗だった。

彼女の視線は、厚い扉を開いている宝物殿の入口に向けられていた。

「中に人の気配が……」と彼女は陣座介吾郎の耳元で囁いた。

「では寺の宝物を狙う押し込みが？………」と、老刀匠も声を潜めた。

「おそらくは」

「なんと罰あたりな」

「危のうございます。この場から少しお退がりなされませ」

「しかし早苗殿、この寺は貧乏寺じゃが、宝物殿の中は宝の山なのじゃ。このまま見過ごしにはできぬ」

「ともかく、お退がりなされませ」

早苗は老刀匠の袖を引くようにして宝物殿から七、八間ばかり遠ざけると、足元の小石を拾った。

彼女が投げたそれは、扉を開いている宝物殿の中へ、唸りを発し相当な速さで飛翔した。

外からは様子がうかがえぬ薄暗い内部で、「あっ」と叫びが生じて、ひとりの侍が額に手を当て飛び出してきた。見なりが整っているところを見ると、どこかにきちんと仕官する身分なのであろうか。その彼の額に当てた手の間から、鮮血が流れ出している。

「お、おのれ、今の狼藉（ろうぜき）は貴様か」

侍は早苗を睨みつけた。年の頃は三十五、六。目つきが鋭く人相はあまり良くない。

「狼藉とは笑止な。お前様の足元で朱に染まっているお二人は、誰のせいじゃ。お前様の刀に血曇りがあろう。神妙に見せてみなされ」

凛とした早苗の言葉の響きに、相手よりも陣座介吾郎とその弟子の方が驚いた。

「なんだとう女。町人の分際で許せぬ」

「それはこちらの台詞（せりふ）ぞ。侍の分際で、寺への押し込み強奪とは情けなや。何処に仕える侍じゃ。名乗られよ」

と早苗は一歩も引かない。名刀匠と言われている陣座介吾郎もその弟子も、早苗の毅然とした態度に半ば呆然となった。

と、額より血を流す侍の背後に、宝物殿から「何事だ」と舌打ちしながら現われたこれも身なり整った侍が、のっそりと立った。さほど背丈はないが、がっしりとした堂々たる体つきの侍で、のっそりと立つ、という表現がそのまま当てはまった。年の頃は四十前後か。色浅黒く鷲鼻で唇が厚く、脂ぎった面相だった。左手に二振りの刀を持っている。

その侍と早苗の視線が出会って、双方共に「あっ」という顔つきとなった。

「早苗殿ではないか」

「お前様は大塚忠明」

「おい、行くぞ」

仲間を促すなり大塚忠明とかいう侍は二振りの刀を手にしたまま、身を翻し宝物殿の裏手目指して駈け出した。

仲間の侍が額から手を離してその後を追おうとするのを、再び足元の小石を拾い上げた早苗が素早く投げつけた。

ヒュッと鳴って飛んだそれが、侍の後ろ首に命中した。

低い呻きを発して、ぐらりとよろめいた泥棒侍であったが、そのまま走り去った。

深草うちはを左手で胸に押さえつけた姿勢の早苗は、追わなかった。

「見苦しいところを、お見せしてしまいました。お許しください」

早苗は陣座介吾郎に、頭を下げた。

「何を言わっしゃる。よくぞ悪侍を撃退なされた。それよりも、あの二人の侍の内の一人を知っておられた事情を話して下さらぬか」

「はい……実は」

早苗は、自分が父の仇を討たねばならぬ事情について、手短かに打ち明けた。

「なるほど、そうでありましたか。仇三人の内の一人にこの寺で出会うとは、まさに神仏のお引き合せであったのでしょう」

「大塚忠明が持ち去った二振りの刀は、粟田口一門が手がけたという名刀でございますか」

「左様。あの柄と鞘の特徴は、間違いなく粟田口一門の手になる六振りの名刀の内の二振りじゃった。闇の商売筋へ流しても二千両は下らぬ逸品じゃ」

「目の前のこの惨状を急ぎ寺社方に伝えねばなりませぬ。わたくしはこれより、京都町奉行所へ走りまする」

この時代、京都の寺社は江戸と違って、町奉行所の監理下に置かれていた。

「どなたか御存知の役人でもいるのじゃろか」

「はい」

「それなら話が早い。お願い致そう。私は和尚と小者の遺体を庫裏へ安置してやらねばならぬでな」

「和尚様とは長いお付き合いでございましたか」

「私の人生に欠かせぬ友じゃった。よき話し相手でな」

「お悲しみ、お察し申し上げます」

「奉行所への途中、充分に気を付けなされや」

「はい。それでは……」

早苗は一礼して、陣座介吾郎の前から離れた。

五

二人の悪侍によって刀栄寺から二本の名刀が掠奪され、和尚と寺男の老爺が惨殺された事件は、たちまち都の人たちの耳に入った。連続殺人や商家押し込みなどの凶悪事件が解決して明るくなったばかりの京に、またしても暗雲が垂れ込めたのである。ただ、名刀を掠奪した悪侍二人の内の一人が、胡蝶の女将高柳早苗の父親の仇であるという事実については、町奉行が役人たちに厳しい箝口令を敷き、「下手人については全く手がかりなし」という政策的流言が彼等によって町なかに広められた。下手人を油断させるためである。そうして懸命の探索が続けられたが、二人の下手人侍の行方は、杳として摑めなかった。

胡蝶は表に「勝手ながら改装のため二十日ばかりお休みさせて戴きます」の張り紙をして店を閉ざしていた。常連の客に不審に思われてはならぬため、腕のよい馴染み客の棟梁によって、実際に改装が進められている。

刀栄寺の事件があって七日目、早苗はこの日も朝の早くから松平政宗相手に、紅葉屋敷での修練に打ち込んでいた。

双方、木刀ではなく真刀であった。しかし刃を潰した修練用である。

つい先程、探索の途中で此処へ立ち寄った常森源治郎が、二人から少し離れた位置に立って二人の対峙を見守っていた。

早苗が打ち込んだ。「速い」と常森は思った。女の動きとは考えられぬ疾風のごとくであった。

が、政宗が、ふわりと受ける。二撃、三撃と早苗が息つく間もなく斬り込み、それを難なく受ける政宗の真刀との間で火花が散った。

攻め切れぬ、と読んでか早苗が退がった。肩で大きく息をしていた。

「今日はこれ迄に致そう。まだ雑念が多すぎる。今のような状態では一刀のもとに返り討ちだな」

政宗が静かに言い切って、刀を鞘に納めた。早苗は、うなだれた。政宗との余りにもあり過ぎる力の差に、自信を失くしかけている昨日今日の彼女であった。

「私を仇と見立てて斬りかかっているのであろう。それでは駄目だ。真剣で命のやり取りをする積もりならば、己れの剣の切っ先だけを意識しなさい。ほかは無想であることが大事」

「はい」

「切っ先の向こうに、相手の姿は見えなくてもよい。切っ先が、きちんと捉えている」

「それが……心眼でございますか」

「左様。早苗の剣の技倆は充分に皆伝に達しているが、心がまだ弱い。相手は、そこを激しく突いてこようぞ」

「はい」

政宗は視線を常森源治郎に移すと、にこりとした。

「どうかな源さん。刀栄寺の名刀を奪った下手人の行方は」

「考えられる場所は虱潰し（しらみ）に調べているのですが、いまだ……」

「考えられる場所、というのは不良侍や浪人が屯（たむろ）しそうな場所、ということかな」

「ええ……残っているのは大名屋敷、公家屋敷、寺院神社くらいなもの、と言ってもいい過ぎではございません。あ、それと二条城と禁裏も」

「うむ」と、政宗は視線を早苗に戻した。朝からの厳しい修練で、上気した色白な早苗の頬は桜色だった。

「早苗は下手人侍の身なりを、浪人らしくない、と見たのであったな」

「はい。わたくしには、どこかに仕官している者の身なりに見えました。着ているものが取って付けたように不似合い、というような不自然さはございませんでした」

「仕官……か」

「大塚忠明は、もともと藩の許可を得て、剣客として諸国武者修業の旅に出ましたゆえ、本来の仕官先は勿論のこと出立した藩ということになりまするが、それにしても小綺麗すぎる身なりでございました」

「ほかに俸禄の良い仕官先を見つけたのではないか、と疑えるのだな」

「そう疑えなくもございませぬ」

「ともかく大塚忠明を見つければ、あとの仇二人**辰巳俊之助**と**久保澤平造**も見つかろうと言うものだ。大名屋敷、公家屋敷、寺院神社も当たることだな源さん」

「それはそうなのでございますが、確かな根拠や証拠もなくいきなり、それらの屋敷へ立ち入るのは大変に難しゅうございまして」

「剣術道場も忘れてはならぬ。それも貧乏道場ではなく、有力道場をな」

「なるほど。腕の立つ剣客なら、有力道場の師範代とか指南役とかで潜り込んでいる恐れがありまするな」

「江戸に比べて京の剣術道場は、師範代や代稽古役と言った人材が不足している。神念一刀流の手練れともなれば、かなりの俸禄で召し抱えられよう」

「では、これよりさっそく剣術道場を検て回ります。同心たちへの手配りもございますれば、これにて失礼いたします」

「相手は凄腕とのことゆえ源さん、充分に気を付けられよ」

「はい」

　常森源治郎は足早に立ち去った。

「早苗……」と政宗は、彼女に向き直った。

「今日は終始、修練用真刀の大刀を用いたが、これを私に向かって構えてみよ」

　政宗は腰の小刀――やはり粟田口久国――を、早苗に手渡した。

　それを一旦、腰帯に差した早苗は、穏やかに一呼吸したあと、粟田口久国の小刀を鞘から抜き放って正眼に構えた。体にも剣にも、針先ほどの揺れもうかがえぬ完璧な構えに見えた。

だが、政宗は言った。

「切っ先に、ぶれがある。左肩と両手首の力みを少し緩めなさい」

早苗は、指示された通りにした。

「うむ。それでよい。次、上段左の受け身」

早苗の右足が退がって軽く中腰となるや、粟田口久国の小刀を頭上でサッと横たえた。美しく決まった「受け」の形であった。

「次、上段右の受け身……それを交互に速く……相手は恐らく猛烈な勢いで連打してくるぞ」

早苗は言われた通り、上段左受けと右受けを交互に繰り返した。その速さが次第に上がるにしたがって、彼女の動きに不思議な現象が現われ出した。松平政宗が真剣を手にした凶者に対して、時に見せるあのふわりとした、やわらかな動きである。速さが上がっているにもかかわらず、まるで蝶が舞うかのような、軽(かろ)やかさであった。

早苗が数十回を繰り返したところで、政宗の「やめ」が入った。剣を下げた早苗の豊かな胸元が、さすがに喘いでいた。形のよい唇を薄く開き、少しばかり苦し気であった。

政宗が言った。

「刀の柄はしっかりと握らねばならぬが、それは手首を力ませることを意味しない。肩もそうだ。力みは防禦の早さも、反撃の早さも鈍らせる」

「はい。でも、真剣で対峙致しますと緊張して、矢張りどうしても力んでしまいまする」

「緊張と力みは、勝ちたい、という『焦り』と、斬られたくない、という『恐怖の感情』が重なった時に、最高潮に達する。勝ちたい、とか、斬られたくない、と思うのであれば仇討ちは止められよ」

「あくまで無想……でございますか」

「左様。心眼も無想より成る」

「その域に早く達することが出来ますよう、励みます」

「なあに、早苗なら出来る。剣の技倆は決して一流剣法の皆伝者に劣ってはおらぬゆえな」

「有難うございます」

早苗は粟田口久国の小刀を、政宗に返した。

「さ、湯を浴びて汗を流してこられよ。母も居間で早苗が訪れるのを待っておろう」

「申し訳ございませぬ。今日はこれで帰らせて下さりませ。店の改装で棟梁と打合せをしなければならぬ箇所が出て参りまして」

「おう、そう言えば胡蝶は普請に入っているのであった」

「改装を始めて五日が経ちましたが、店内の様子が随分と良くなりましてございます」

「そうか。では近い内に立ち寄ってみよう」

「それではこれで失礼させて戴きます」

早苗は居間の千秋にも声をかけて、紅葉屋敷をあとにした。午後の日はまだ高く、京の町は秋晴れの空から心地よい日差しを浴びていた。しかし、刀栄寺の事件が噂に尾ヒレが付いて広まっているためか、通りを往き来する人々の足は、せかせかと早かった。

「や、女将さん。仕入れの方、また御願いしますよ」

顔馴染み（なじ）の地元の百姓が、古い大八車に取れたての農作物を山積みして、早苗の前を頭を下げ下げ横切った。

「へえ。店開きの時は、仰山（ぎょうさん）なあ」

早苗はすかさず京言葉と綺麗な笑みを百姓に返した。

武者小路通（現存、上京区）を過ぎ、左手に禁裏を見ながら伊予今治（いまばり）・松平氏の武家屋敷あたり（現、上京区室町通薬屋町あたり）まで来たとき、目の前に突然五、六人の男たちが横合から飛び出した。この瞬間、早苗の視線はさり気なく彼等の腰へ走っていた。

身なり正しい男たちであった。一見して武士ではなく公家と判るが、腰の二刀は明らかに侍風だった。

「無作法承知でお訊ねいたす。高柳早苗殿でござるか」

侍言葉であったが、調子は京公家の喋り方だった。

「左様でございますが」

「これより我等と共に参られたい」

「どちらの御武家様でいらっしゃいましょうか」

公家と見抜いた早苗であったが、あえて〝御武家様〟を口に出した。

「それは申せぬ。我等と共に参られたなら判ること」

「それはまた御無体な。この物騒なる昨今、何処の誰とも名乗らぬ幾人もの御武家様に〝来い〟と言われたからと言うて、大人しく従う女がおりましょうや」

「なにっ」

一人が、刀の鯉口に手を触れて、ずいと一歩前に出たとき、「お待ちなさい」と女の声がして、やはり横合から一人の端整な女が現われた。公家の姫君らしき印象と早苗は捉えたが、着ているものは町娘のそれだった。

が、男たちは態度を一変させ、うやうやしく控えた。

〝町娘〟は対決的なまなざしで、早苗の前にやってきた。

「高柳早苗と申すは、その方か」と、町娘の装いに反し、これも武家の口調だった。

「左様でございます」

「その方、正五位上・近衛少将様と如何なる間柄じゃ」

高飛車な問いかけに、早苗は「は？」と小首を傾げた。実は早苗は、相手の今の言葉が松平政宗を指していることを、まだ知らなかった。

「は？　ではない。近衛少将松平政宗様とどのような間柄じゃと問うておる」

早苗はようやく相手の言葉の意味が判って、大きな衝撃を受けた。

禁裏や公家が、徳川幕府つまり武士の監理下に置かれている昨今の世情である。「正五位上」や「近衛少将」という位階に、昔のような実効・権力が伴なっていないことは、下級旗本の娘であった早苗にも充分に理解できている。だが、いかに実効・権力が伴なっておらぬ位階であろうとも、それが有する『**権威**』が大変なものであることは、早苗は理解できている。とくに近衛少将ともなれば、下級侍の娘がやすやすと近付ける相手ではない。「**正五位上**」は、太政官（天下の政治を総理した）、中務省（禁中の政務を司った）、兵部省（軍務を司った）、などに属した朝廷高級官僚にも付与されてきたが、とりわけ大内裏の守護を司った近衛府の高級将官の位階は一目も二目も置かれてきた。

「松平政宗様は……朝廷近衛府の少将であられたのですか」

早苗はすこし青ざめて、〝姫君〟に訊ねた。

「おや、その方、それとは知らずに図図しく政宗様に近付いていたのか」

「はい。存じ上げませんでした」

「なんとまあ、下々の女というのは常識に劣っておるものよのう」

わざとらしく「ほほほほほっ」と笑う〝姫君〟に、公家侍たちが「まことに、まことに」と頷いた。

「わたくしへの御用とは、その事をお確かめになることだったのでございますか」

「政宗様に、今日只今(こんにち)より近付いてはならぬ。そう忠告したかったのじゃ」

「それならば、高柳早苗ごとき下々の女を相手にするな、と貴女様(あなた)より直接政宗様に申し渡されませ」

「な、なんじゃと」

「素姓も明かさず名も名乗らず、いきなり何と無作法な貴女様でしょう。何処のどなた様か存じませせぬが教養の程が知れまする」

「な、なんと申した。いま一度申してみよ」

「お供の方にお聞き直されませ。わたくし急いでおりますゆえ、これで失礼いたしまする」

「そうはゆかぬぞ」

控えていた公家侍の一人が〝姫君〟の前から離れた早苗の前に素早く立ちはだかるや、胸倉を摑もうとした。

「慮外者がっ」

早苗の澄んだ声が響くのと、公家侍の体が宙で一回転して地面に叩きつけられるのとが同時であった。三歳の頃より合戦武術立身流兵法を、皆伝者である父高柳正吾郎から叩き込まれてきた早苗である。とりわけ小太刀と柔術は十六歳で、父を超える程になっていた。皆伝者である今は亡き父さえ勝てなかった早苗に、尻の青い公家侍がかなう訳がない。

足早に立ち去る早苗の背中を、〝姫君〟が歯ぎしりせんばかりに睨みつけた。

「うぬぬ……許せぬ、絶対に許せぬ。薄汚れた小料理屋の女将の分際で」

早苗を、胡蝶の女将、と知っている口ぶりであった。

第七章

一

早苗が謎の〝姫君〟に行く手を塞(ふさ)がれている頃、松平政宗は紅葉屋敷の自分の居間で静かに座して腕組をし、庭を朱色に染めているモミジをじっと眺めていた。先日、五摂家筆頭近衛家の老随身を通じてもたらされた、禁裏からの非公式の「通知」と「指示」について、彼はいま思いを巡らせているのであった。「通知」の内容は、それまでの正五位上・近衛少将から、「**正三位大納言・左近衛大将に任ずるを審議中なり**」という言わば昇格の内示であり、「指示」は「**早い内に朝廷への昇殿手続を踏まれたい**」というものであった。

政宗は小さな溜息(ためいき)を吐いて、ゆっくりと腰を上げると、朱色の庭先へ下り立った。自由気ままな野にある彼にとって、身分とか禁裏とかは肩の凝るものだった。いままでは近衛少将とは言っても、「右」も「左」も付かない名誉職のようなものであったのに、今度は「**左大将**」と組織に正しく沿った正式な肩書だという。つまり**朝廷に勤務**させられる可能性が、多分にあった。

「朝廷の何から何までを徳川幕府に牛耳られている現在(いま)、京官も位階もあまり意味を持たぬ飾職(かざりしょく)なのにのう……」

政宗は呟(つぶや)いた。旧来のそう言った組織とか名称とかが朝廷内に残っていること自体、現実から浮世離れし過ぎている、と思わざるを得ない政宗だった。

位階とは厳密には正四位上とか従三位といったものを指し、京官とは太政官、中務省、兵部省、左右近衛府などの組織と職位（大納言とか近衛中将とか）を指している。これらの身分呼称が、朝廷にとって**全く役に立っていなくはない一面**がある事も、政宗は理解できていた。幕府や諸藩の侍たちが、これらの身分を朝廷から名誉的に付与されることを、大きな喜びとしているからである。

侍たちは大納言だの中納言だの、従四位だの正五位だのが、とにかく欲しくて仕方がないのだ。それらを付与されることで、自分は貴(えら)くなったという錯覚に陥るのだろう。

「迷うているのですね」

背後で母千秋の声がしたので、政宗は振り向いた。

母が縁に立って、ひっそりと微笑んでいた。

「迷う、と言うよりも、われわれ母子を、このままそっとしておいてほしい、という気持が強いのです」

「そなたの気持は、よく判ります。でも、会うて差し上げるのも、**成人した子のつとめ**かも知れませぬよ」

「**雲の上の人**というのは、ひとりよがりなところがありますねえ」

「これ、そのような言い方をするものではありませぬ。無礼ですよ」

「本心を申し上げたのです。母上を、こうして古い館に置き去りにしたままではありませぬか。それを今頃になって……」

「文武に秀でた政宗の言葉とも思えませぬなあ。そのような考えならば、**法皇**様にお会いせぬがよろしい。いかに**実の父親**とは申せ、法皇様は法皇様なのじゃ。非礼な考えや態度でお会いすることは許されませぬ」

ゆったりと穏やかな調子の、千秋であった。

「心配なされますな母上。お会いするとなれば、母上のお立場に傷を付けるような会い方は致しませぬ」

「それならば宜しい」

千秋は笑みを残して、長い縁の向こうへ消えていった。

実は近衛家の老随身が紅葉屋敷を訪れた「用件」のなかには、もう一つ非公式な重要な伝言があった。それが仙洞御所に居わす現天皇（霊元天皇）の父、**後水尾法皇**に会うことだった。

そして今、千秋と政宗との会話から、その**後水尾法皇こそ政宗の実の父親と判明した**のだ。現・霊元天皇の母は新広義門院園国子（贈左大臣で持明院流書道の名手の園基音の娘）であることから、**政宗と霊元天皇とは異母兄弟**ということになる。

政宗は、モミジの下を、そぞろ歩いた。彼は、実の父である後水尾法皇の顔を知らなかった。いや、正しく言えば、覚えていなかった。母の話によれば、生まれてから一度だけ父の腕に抱かれたらしいのだが……。

法皇の住居である御所内の仙洞御所を訪ねれば、約二十五年ぶりの再会ということになる。「われわれ母子を、そっとしておいてほしい」と漏らした政宗の気持は、その余りに長い空白期間を指しているとも言えた。

「お会いになってあげなされませ若様」

湯浴み棟の陰から、下女のコウが腰を低くしいしい現われた。千秋と政宗の会話が耳に届いていたのであろう。

「法皇様も、もう御歳でござりましょう。優しいお気持で、心広く会うてあげなされませ」

二十三年の長きに亘って政宗の傍に仕えているコウだからこそ、言えた言葉だった。

「コウは、そのように思うのか」

「はい。そのように思いまする。わだかまりなく会うてあげなさいます姿こそ、文武に秀でた若様にお似合いでございまする」

「これは耳の痛いことを。コウには、かなわぬな」

「ご免くださいまし」

コウが頭を下げて湯浴み棟へ消えていくのを、政宗は苦笑して見送った。

政宗が自室へ戻ってみると、さきほど立ち去った筈の母が床の間を背にして、座っていた。政宗は母を、常に上座に座らせることを忘れなかった。

「これは母上、まだ何か私に御用でも？」

「一つ大事なことを申し忘れておりました」

「大事なこと、と言いますと？」

「この十日ほどの間に、私は二度ばかり女院御所下屋敷そばの万出小路（までのこうじ）家へ歌会で招かれましたが、その万出小路家から桜子（さくらこ）姫様をいかがかと言われておるのじゃ」

「いかがか、と申しますと、私の妻にどうか、という意味ですか」

「当たり前の解釈をなさりまするな。なかなかに美しい御方でしてなあ。けれど少し負けん気の強いところが、おありの御様子とこの母は見ております。どうじゃ、一度会（お）うてみなさるか」

「申し訳ありませぬが、お断わりして下さい」

「やはり、そういう返事になるであろうと思うた。断わるにしても、相手様は権中納言従三位のお家柄。非礼とならぬような理由で断わらねばなりませぬ」

「その点は、母上にお任せ致します」

「ほんに困った政宗じゃ。縁談が決まっておれば、法皇様にお目にかかっても、安心なされるであろうに」

千秋は、そう言いつつ立ち上がり、思い出したように訊（たず）ねた。

「それとも何かえ。誰ぞ好いた女性(にょしょう)でも胸の内に抱えているのですか」

「あいにく、今のところ一人たりともいませぬ」

「この母は相手の身分素姓についてはいっそれ程のことでない限り、口うるさくは申しませぬ。それゆえ、好いた人が出来たなら、早目に打ち明けて下されや」

「はいはい」

「二つ返事は商家の丁稚(でっち)とて致しませぬぞ。一つでよい」

千秋はそう言い残して、座敷を出ていった。

「妻かあ……まこと面倒よなあ」

政宗は呟いて、仰向けにごろりと寝転んだ。

二

日が落ちた。

権中納言従三位、万出小路頼家(よりいえ)の屋敷は、女院御所下屋敷の筋向かい、鴨川沿いに伸びる御土居を背にして在(あ)った。左手すぐ近くには、禁裏付与力同心組屋敷があって、その意味では治安上も安心できる場所と言えた。

この夜、その万出小路家へ、次々と老若の公家たちが集まり出した。彼等を迎えるための、表門の大行灯の明りが、「これはこれは十条高行殿」「おやまあ室橋小路右房殿、お久しゅう」と、にこやかに挨拶を交わす公家たちの顔を捉えた。

すぐそばの組屋敷へ出入りする与力同心たちが、「また歌遊びの会か。のん気でいいねえ、貴い御方たちは」と顔をしかめる。

ただ、与力同心たちの、この見方は、決して正しいものとは言えなかった。徳川幕府は慶長十八年の「**公家衆法度**」や、元和元年の「**禁中並公家諸法度**」などを制定して朝廷・公家への監理を強化し、その結果として彼等の動きを封じ無力化してきたのである。極端な言い方をすれば、公家たちは**歌遊び**や、**蹴まり**を『家業』とするしかなかった。そのように〝演じる〟ことで、徳川幕府から睨まれずに済んだのだ。彼等貴族の中には、高い教養学識を積んだ優れた人材が多数いた。しかし、徳川幕府はそういった人材を決して有効には活用しなかった。むしろ、そういった人材が活発に動くことで、朝廷が再び目覚めることを恐れた。朝廷が目覚めれば、徳川幕府に背を向ける大名が出てくるかも知れないからだ。

予定の顔ぶれが参集したのか、万出小路家の表門が閉じられた。

屋敷の最も奥にある大広間。そこへ集まった公家達の座り方が、歌遊びにしては異様であった。床の間つまり上座に向かって、きちんと七列に並んで座っていたのである。

その数、総勢五十名ばかり。しかも縁側の雨戸は閉じられ、庭先には腰に二刀を差した数名の若い公家たちが、さり気なくだが物見に立つという、ものものしさであった。

彼等の腰の刀は貴族好みの見栄刀（飾り刀）ではなく、実戦刀と言われる武士刀であった。

ひそひそと、物見に立つ彼等が囁き合った。

「今夜は、結論が出る雰囲気だな」

「出るだろう。われら貴族の時代を何としても、もう一度立ち上げたい」

「しっ。声が大きいぞ」

「そなた、剣術道場へ熱心に通っておるそうだな」

「念流だ。あとひと息で免許皆伝となりそうじゃ」

「それは凄い。私は馬術と弓術に打ち込んでおってな」

それらのひそひそ話を遮断する雨戸の内側では、いま権中納言従三位・万出小路頼家が床の間を背にする上座に座ったところであった。年齢三十九歳。

頼家の風貌は京貴族の特徴からは、程遠いものであった。彫りの深い武者顔で髭の剃りあとが青黒く、両の目にギンッとしたものを覗かせている。体格はがっしりとしているが、いくぶん小柄だった。

頼家が言った。野太い声だった。

「今宵はようこそ歌の集いに御参集くだされた。大いに楽しみましょうぞ」

控え目な笑い混じりのざわめきが生じて、頼家の武者顔も静かに微笑んだ。が、その表情はすぐに厳しいものに変わり、それに合わせるように座敷内はシンとなった。

頼家は皆を見まわした。

「**我々決起の者**に志を合せてくれる公家衆は今宵、ついに**三百名**に達し、ここにこうして連判状として整った」

頼家はそう言うなり、懐より取り出した巻物を目の前に置くや、それを参集した公家達に向かってついと押して見せた。

巻物はするすると開いて、集まりの中央を割るようにして後列へと伸びていった。

同志の名と血判が、彼等の目に触れて、再び低いどよめきが皆の間に広がった。

「我々上位にある公家衆が今宵ここにて、最終的にその連判状に名を連ねる。連判状に名を連ねた公家衆は、これまでに徳川幕府によって取り潰された数多の旧大名家の元重臣や家臣たちと接し、連判者一人当たり既に十名の信頼できる浪人を確保できていることから、合わせて凡そ**四千名の有志が一斉に行動**を起こすこととなった」

今度は「おお……」と、大きな感動の呻きが座敷を埋めたが、頼家が軽く手を上げて制すると、即座に静寂に変わった。

「これにより十日後の深夜、我々は先ず京都所司代、京都町奉行所、そして二条城の三方に分かれて粛々と行動を起こし、公家衆法度、禁中並公家諸法度の廃止を求め、京に於ける朝廷政治の自立を要求する」

頼家の物静かな喋り方に対し、集まった者達は少し上体を揺さぶった程度で沈黙を守った。

そして、頼家の言葉は続いた。

「もし我々の要求が、特に京都所司代に於いて拒否された場合は、所司代永井伊賀守尚庸殿、京都東町奉行宮崎若狭守重成殿、西町奉行雨宮対馬守正種（あめみやつしまのかみまさたね）殿の御三人を拘束し、我々の手で直接幕府に対し要求を突きつける」

「その要求が通らぬ時は?……」と後列の誰かが問うた。

ほとんど反射的に、頼家が答えた。胸を張り自信に満ちていた。

「その時は我々の手で朝廷政治を復活させ、幕府のお侍衆は全て京から出て戴（いただ）く。但し強力な指揮権限を有する所司代ならびに奉行及び与力とその家族については、人質として京にとどめ置く。この頃になれば幕府に生活を奪われたる改易（かいえき）大名（取潰された大名）の家臣たちが続々と京に集まり、反幕の一大勢力となりましょう」

ここで堪（こら）え切れぬように、またしても「おお……」と高ぶりの声が生じた。

権中納言従三位・万出小路頼家の宣言は、まぎれもなく**謀叛（むほん）宣言**であった。しかも徳川幕府が最も恐れていた、京の貴族が立ち上げた謀叛宣言である。全国に幾万人いや幾十万人いるか知れぬ改易大名の家臣たちが、反幕思想を高らかに歌い上げて、万出小路頼家の元に参集するのは必定であった。一方の徳川幕府の金蔵であるが、すでに大戦乱に備えることが難しいほど、金銀の貯蔵は激減している。

「権中納言様にお訊ね申し上げます。力強い同志が多数整いましたが、今度の目的を達成するために不可欠なるものは何よりも資金。その調達は如何がなっておりまするか」

後列で若い公家が、力み声で訊ねた。

「左様。何よりも不可欠なるものは、そなたが申されたように資金。なれども、これについての心配は全く必要ない、としか今のところ申し上げられない。この答えで辛抱して下さらぬかな」

「本当に心配ありませぬか。資金不足に陥り、志なかばで倒れるという不安は針の先ほどもございませぬか」

「針の先ほどもありませぬ」

「判りました。安心いたしました」

「今後は金のことは決して口になさいまするな。それともう一つ、禁裏云々を口にしてはなりませぬ。禁裏に御迷惑をかけることは、絶対に防がねばなりませぬ。皆さん、お宜しいな」

集まった者が無言のまま、深々と頷(うなず)いた。

三

万出小路家の表門が開かれて、足元提灯(ちょうちん)を手に公家たちがにこやかに出てきた。歌会がいかに楽しかったかを語り合う者、いまだ歌をつくりつくり出てくる者など、万出小路家の前は控え目なざわつきに覆われ、それらが次第に遠ざかっていく。

やがて最後に**三人の中年の公家**が出てくると、万出小路家の表門は再び固く閉じられた。この時にはもう、界隈(かいわい)は暗い静寂の中にあって、それ迄に屋敷を出た公家たちの足元提灯は付近に一つの明りも残していなかった。

三人の公家たちは、無言のまま足早に歩き出した。手にした足元提灯のか弱い明りの中にぼんやりと浮かび上がっている彼等の表情は、一様に厳しい。歌会がいかに楽しかったかを、わざとらしく語り合う表情には程遠かった。

権中納言従三位・万出小路頼家が出した朝廷自立宣言の中核に位置付けされているのが、この三人の公卿であった。つまり万出小路頼家の右腕ともいう人物たちである。

内御門清武(うちみかどきよたけ)　左兵衛督(さひょうえのかみ)従四位上　三十八歳
東明院晴万呂(とうみょういんはるまろ)　右兵衛督正四位上　三十六歳
華陽院兼房(かよういんかねふさ)　刑部卿(ぎょうぶきょう)従四位上　三十四歳

この三人のうち**東明院晴万呂**は十代半ばから二十代半ばにかけて江戸へ出、麹町四丁目の念流柿原道場で修業を積み、**皆伝を許された異色の公家**であった。しかも京へ戻ってからは、鴨川に近い土手町通の古い小屋敷を買い取って念流東明院道場を開き、若い公家や町人たちに剣術を教えている。武士の入門は固く断るが、町人の入門は許すという点に、東明院晴万呂の思想の片鱗(へんりん)が覗いていた。

その念流東明院道場で、いまや**代稽古**をつとめるまでに上達しているのが、第一期門下生とも言うべき刑部卿従四位上の**華陽院兼房**だった。

東明院晴万呂が剣術道場開設を京都所司代へ届け出たとき、所司代役人(江戸侍)

は何らの異議をはさまなかった。「京公家が開く剣術道場なんて、どうせ……」と小馬鹿にしていたのであろうか。それとも戦乱無き世に馴れて、「何らかの火種になるのでは」という警戒心さえ生じぬ頭になってしまったのであろうか。

まさに侍の『平和ボケ・おそろし』であった。

念流東明院道場は、結構に繁盛して、今日に至っている。

「今宵は、いやに冷えまするのう」

刑部卿・華陽院兼房が呟いた。**「刑部卿」**とは、訴訟を裁判し罪人処刑の事などを司った「刑部省」の最高幹部である。

「おととい（一昨日）嵯峨野を歩いたら、モミジが五月雨のように保津川に降り注いでおったわ。冬の足音は、まだ遠い筈じゃがなあ」

左兵衛督・内御門清武が、小声で応じた。**「兵衛督」**とは、かつて大内裏の守護警衛を司った「兵衛府」の最上級職位であって、近衛府に譬えて言えば近衛中将あたりに相当する立場だった。大内裏の守護警衛という点で職務は近衛府に類似しているものの、権威という面では近衛府に遠く及ばなかった。

左兵衛督の「左」とは、大内裏の東側の守護、主として陽明門に位置して睨みを利かせることを意味していた。左兵衛府の庁舎は陽明門を挟むかたちで左近衛府と向き合っており、庁舎の規模は左近衛府の凡そ二分の一程度であった。

また東明院晴万呂の**右兵衛督の「右」**とは、大内裏の西側の守護、主として殷富門に在って任務を果たすことを指していた。右兵衛府の庁舎は殷富門を挟むかたちで右近衛府と向き合っており、その規模は右近衛府の二分の一以下だった。

ここに当時の〝権威の差〟というものが、表れていた。

「それにしても今宵の集まりは、素晴らしゅうございましたな。あれほど強固な結束力を目の当たりにしようとは、正直のところ予想しておりませなんだ」

左兵衛督従四位上の内御門清武が上体を少し、念流皆伝者・東明院晴万呂の方へ寄せ、耳元近くで囁いた。

東明院晴万呂が「まことにのう」と応えてから、「明日は粟田口村へ参らねばなりませぬ。約束の物が出来あがったとの連絡が入りましたのでな」と付け加えた。

「左様でございますか。当初の約束よりも、かなり早い出来でありますな」

「皆、全力で動いて下されておることを、肌で感じますよ。ろくな武士刀を持っておらぬ二百三十名の公家衆にそれらの業物を配り終えれば、いよいよ十日後を待つのみじゃわ」

「粟田口の刀鍛冶たちが味方に付いてくれたことは、この上もなく有難いことでしたなあ」

「それほど徳川幕府に対し不満を抱いているということです。名のある刀鍛冶でもあまり恵まれた生活をしておらぬようですからのう」

東明院晴万呂の声が、一段と低くなっていた。

「地方の外様大名を頼って、一族誕生の地を捨て離散していく刀鍛冶も少くないと聞いておりまする」

念流東明院道場の代稽古をつとめる刑部卿従四位上・華陽院兼房が、兵衛督二人の話の間に入った。

このとき不意に、東明院晴万呂の足がとまって、足元提灯を前方へかざす動きを取った。

「そこに潜んでいるのは誰じゃ」

東明院晴万呂のその言葉に、華陽院兼房が「え？」という顔つきとなって手にしていた提灯を足元へ置き、素早く鯉口（こいぐち）を切った。

剣術には自信が無いらしい内御門清武が驚いて、思わず一、二歩退がる。

「出ませいっ」

華陽院兼房が威嚇するかのように、三、四歩進んだ。取り残された足元提灯を内御門清武がやや慌て気味に取り上げて、二本の提灯を前方へかざす役割を負った。

ほんの僅（わず）かに提灯の明りが届く前方の暗がりで、人の動く気配が生じた。

華陽院兼房の右手が、刀の柄に掛かる。

「油断めさるな」

今や京に於ける念流剣法の最右翼とも称される東明院晴万呂が、華陽院兼房の背に低い声をかけた。

「大丈夫です」と、華陽院兼房が返す。

東明院晴万呂が自分の提灯を内御門清武に差し出し、右手に二本、左手に一本の提灯を持つ人となった内御門清武の顔に、ようやく〝気〟が充（み）ち出した。

東明院晴万呂も鯉口を切って、先の暗がりに目を凝らした。

（どうやら一人ではないな……）と、彼は捉えた。

その一人ではない気配が、いきなり動きを早めた。

彼は滑るようにして華陽院兼房の位置まで進むや、抜刀した。

華陽院兼房も、やや腰を下げて業物を抜き放った。

三本の提灯を手にする内御門清武の脳裏に、血の修羅場となった光景が浮かぶ。

（まずい……）と、彼は思った。目的遂行のためには、東明院晴万呂も華陽院兼房も、なくてはならぬ存在だった。その二人に、万が一のことが生じることを彼は恐れた。

彼は辺りに立ち並ぶ家屋敷に向かって、大声を張り上げようとした。近くには禁裏付火消の組屋敷もあれば、権中納言・万出小路邸そばの禁裏付侍（与力同心）組屋敷とは別班の、侍組屋敷もある。

だが、彼は大声を張り上げることが出来なかった。今宵の集会の重要さが、彼に大声を出させなかった。

禁裏付の侍や火消組が駈けつければ、事は大事となって、どこから秘密が漏れるか知れない。幕府が計画を知れば、厳罰が待っていることは疑う余地がなかった。過去の歴史では、討幕運動に走った後醍醐天皇が、鎌倉幕府によって隠岐島に流されている。

「く、くそっ……」と彼が歯ぎしりした途端、目の前でガチン、ガツッと鋼の打ち合う音と青白い火花が散った。

二人の公家に対し、相手は黒ずくめの三人。

剣術の苦手な提灯役の内御門清武の背筋を、戦慄が突き抜けた。

東明院晴万呂に、黒ずくめ二人が狙いを定めたかの如く襲いかかる。一刀が眉間に打ち下ろされ、一刀が胴に打ち込まれた。呼吸を合せた同時攻撃。

晴万呂は家伝の業物、備前三郎国宗で眉間を狙ってきた凶刀を右へ打ち払い、そのまま切っ先で円弧を描きつつ胴を横へ開いた。

凶刀が胴すれすれに流れるところへ、備前三郎国宗の切っ先が相手の手首を激しく叩く。

「うおっ」

低い呻きを発して相手は飛び退がったが、元の位置に凶刀を握ったままの手首から先がザックリと断たれて落ち転がった。

「ひ、退けいっ」

当の本人が言いざま闇に向かってよろめきながら走り出した。が、あとの刺客二人はそれに従わなかった。

華陽院兼房は、相手と互角にぶつかり合っていた。

「むんっ」

踏み込みざま、彼は得意の面打ちを二連打した。しかし、頭の中は真っ白だった。真剣を手に斬り合うのは、はじめての経験だった。脚にも腕にも抑え難い震えがあるのが、判っていた。

死んでたまるか、という思いが、彼を駆り立てた。必死以上の必死だった。

東明院晴万呂の方は、江戸修業時代に不良旗本や素浪人相手に、幾度も真剣を振るってきた。たいていが酒の上でのいざこざが原因であったが、その経験が彼に強靱な糞度胸を付けていた。

痛烈な面打ちの二連打を強く弾き返されて、華陽院兼房は少しよろめいた。しまった、と彼の闘魂に、うろたえが生じた。僅かなうろたえであったが、真剣勝負の剣客にとって、あってはならぬ感情の揺れだった。

案の定、矢のような突きが、彼の喉元に伸びてきた。異様な伸び方であった。さながら鎌首を持ち上げていた蛇が、全身を発条として飛びかかるような伸び方だった。空気を裂く、シュルッという不気味な音がした。

やられた、と華陽院兼房は思った。相手の突きの余りの速さに、〝受け〟の構えが取れなかった。

転がれ兼房殿、と東明院晴万呂が叫んだ。夜陰に響きわたる大声だった。その大声を発せられないでいた内御門清武は、三本の提灯を手に慌てた。同志公家二人が激闘の最中であるというのに、今の大声に反応するかも知れぬ辺りの屋敷の表門を気にして見まわした。

華陽院兼房は、転がるひまさえなかった。鋭い突きの切っ先が、ついに彼の喉の薄皮に届いた。皮膚が裂かれたか。

と見えた時、ゴツンと鈍い音がして〝突きの黒ずくめ〟が、声もなく仰向けにのけぞって、地面に背中から叩きつけられた。

しかし、直ぐに立ち上がった。

「なに奴っ」

黒ずくめは、後頭部に手を当て、さきほど己れ達が現われた方角を、よろめきながら振り向いた。

華陽院兼房もその方角へ目を凝らし、東明院晴万呂も彼と対峙していた刺客も剣を休めた。双方にとって、それほど予期せぬ出来事だった。

「今宵は月明り乏しいが、それでもモミジの香り漂ういい秋じゃ。斬った張ったの不粋者は何処のどなたかのう」

澄んだ声であった。物静かであったが、秋の夜気に溶け込むような凛たる冴えがあった。

「手首を斬り落とされし者は、この先二町(約二二〇メートル)ばかりのところで倒れておったわ。おそらく助かるまい。黒ずくめの異形のまま果てるとは、はてさて哀れな」

内御門清武が手にする三本の提灯が、ぼんやりとした明りを届ける僅かな先に、長身の着流し侍が懐手のままふらりと現われた。だが、容姿をはっきりと確かめるには、提灯の明りは不足していた。

「貴様なんぞに用はない。命が惜しくば、直ぐさまこのまま去れい」

東明院晴万呂と対峙していた黒ずくめが、晴万呂から離れ着流し侍に用心深く近付いていった。後頭部に石礫か何かを喰らった黒ずくめも、それに従った。

けれども着流し侍はゆっくりと歩を進めた。まるで、二人の刺客を気にしていない。

「ほう……見たところ、左兵衛督殿、右兵衛督殿、刑部卿の御三人ではございませぬか」

着流し侍はそう述べつつ、三本の提灯の明りが濃さを増した位置に立った。

その余りの力みの無さ悠然さに、いったんは着流し侍に近付いた黒ずくめ二人は、あとずさっていた。

「あ……こ、これは……お見苦しいところを」

先ず東明院晴万呂が刀を背に隠す姿勢で、地に片膝をついた。

続いて、内御門清武も華陽院兼房も、相手の端麗な容姿を認めて驚きの反応を見せるや、腰を下げ頭を垂れた。

様子がおかしくなってきたことに、黒ずくめ二人は戸惑うと、頷き合って身を翻した。

「御三人とも腰を上げて下され。屋敷から出て来た者たちが、ほれ、何事かと思うてござるよ」

着流し侍に言われて、東明院晴万呂も、あとの二人も地に片膝ついた姿勢のまま首をねじった。

なるほど、闇の向こう、そう遠くない所で人のざわつきが生じていた。

三人は腰を上げた。しかし頭は下げたままだった。

晴万呂が口を開いた。

「醜態をお見せし申し訳ありませぬ。なにとぞ御容赦くださりませ」

「御三人とも、お怪我はありませぬか」

三人はそれぞれ、無傷であることを言葉短く述べ、華陽院兼房だけはそれに付け加えた。

「無傷であったとは申せ、危ういところでございました。何か飛んできたる物が刺客の後頭部に見事当たったかに見えました。お助け戴き、感謝の言葉もございませぬ。有難うござりました」

「なあに……」

着流し侍――松平政宗――が残した言葉は、それだけであった。
三人の公家をその場にして、彼は立ち去り出した。
東明院晴万呂が慌て気味に、その前へ回って再び片膝ついた。
「ご助勢いただきながら、なお不躾なる御願いを申し上げる無礼を御許しくださ
れませ。今宵の醜態なにとぞなにとぞ、お目つむり下されまするよう」
それに対する松平政宗の返答はなかった。
彼は東明院晴万呂の脇をすり抜けるようにして、立ち去った。
と、晴万呂は地に片膝ついたまま、暫く動かなかった。
（まずいことになった……）
朝廷の高級官僚として、松平政宗が如何なる素姓の者であるかを、むろん承知
している三人であった。

〽絹雨粛々と道人の道信を濡らし
〽道人陶酔して朗々と我を謳わん
〽我大界に在りて俗一つ知らず
〽私曲邪佞に陥るを踏み止まり

〽羽化登仙の浮き雲たらん

次第に遠ざかっていく政宗の、秋の夜のそよ風のごとく澄みわたった声が、屋敷町にしみ込んでいった。

四

翌日、松平政宗は早苗の指導を午ノ刻前（正午前）で切り上げ、彼女と連れ立って胡蝶へ行ってみた。

忙しく立ち働いている大工たちの中には、政宗が胡蝶で見かけた者が二人ばかりいて、視線が合うと相手は明るい笑顔を見せて腰を折った。

「なあ早苗。そなたの住居（すまい）になっていた離れの一部にまで、手が入っているようではないか」

「はい。お客様を外でお待たせすることが増えて参りましたので、**離れの一部を思い切って客間に**模様がえすることに致しました」

「じゃあ、そなたや、トヨら下働きの者は何処で寝起きするのだ」

「離れ座敷と板塀で仕切られた裏手に、古い二階建がございましたでしょう」

「うむ、浄瑠璃の師匠が住んでいたとかいう貸家だな……」

「その御師匠様が錦小路通へ引っ越されましたので、そのあとを安く借りることに致しました。一階はわたくしが、二階はおトヨさんらが使用致します」

「では、客間に模様がえの離れ座敷や表店とは、渡り廊下で結んで往き来することになるのか」

「なにしろ貸家でございますから、勝手に造作は出来ませぬので、いま棟梁を通じ家主さんに御許しを求めております。たぶん大丈夫とは思いますけれど」

「それにしても、たいしたものだ。これはもう、小料理屋というよりは料亭と呼んでもいい」

「滅相もございません。お安くお安く仕上げて下さるように、と棟梁に無理を御願い致しました。安普請でございますから、料亭などと……」

安普請、のところで早苗は声を小さくし、首を少しすぼめて笑った。

と、向こうの通りの角に、常森源治郎が姿を見せ、小走りにやってきた。

「その顔つきだと、何事かあったな源さん」

そう言いながら、大工たちから距離を取る政宗だった。早苗も政宗に動きを合せた。

常森が小声の早口で喋った。

「若様。実は昨夜遅く、禁裏そば公家町通で手首を切断された怪し気な黒ずくめの遺体が見つかりましてね」

「ほう……」

なぜか、それなら知っている、とは言わぬ政宗だった。早苗が眉をひそめ、思わず胸の前で手を合わせる。

「その現場から二町ばかりの所に、そ奴のものと思われる刀を握った手首から先も見つかりまして」

「で、遺体の身元は？」

「つい先程判明いたしましたので、お知らせしておかねばと紅葉屋敷へ走りましたところ、若様は胡蝶へ出向かれていると御女中から聞きましたもので……ともかく先ず、この人相書を御覧になってくださりませ」

常森源治郎は懐から取り出した遺体の人相書を、政宗に手渡した。

政宗に寄り添うようにして立っていた早苗が、横からその人相書を見て「この顔は刀栄寺の名刀を奪った、わたくしの仇の大塚忠明……」と驚いた。

「おお、早苗の仇の……」と、政宗の表情も変り、常森が頷く。

「左様でございます若様。この人相書を手に奉行所の与力、同心、小者が一斉に動きましたるところ、予想外に早く身元が判りました。遺体は間違いなく大塚忠明。西本願寺近くにあります新伝一刀流道場の師範代です」

「西本願寺近くの新伝一刀流道場と言えば、京で一、二を争う規模の道場ではないか」

「はい。そこの師範代がものの見事に手首から先を落とされた訳ですから、相手は余程の手練れと思わねばなりませぬ」

「そういう事になるのう」

と、ここでも政宗は、東明院晴万呂ら公家三人を襲った昨夜の騒動を、何故か口に出さなかった。

早苗が常森と視線を合わせて訊ねた。

「その新伝一刀流の道場自体に、うさん臭いところはないのでしょうか」

常森は早苗の言葉の途中で首を横に振った。

「京ではかなり信用のある道場だけに怪しいところがあるとは思えないのですよ。では何故そこの師範代ともあろう者が刀栄寺を襲ったのか、ということになるが、それについての調べはこれからです」

「源さん。早苗の仇はあと二人、辰巳俊之助と久保澤平造だ。ひとつ道場の調べはくれぐれも慎重にな」

政宗の言葉に、「心得ました」と答える常森だった。

手配りの先頭に立つ指導的立場にある彼は、「また参ります」と言い残して足早に奉行所へ戻っていった。

「私には判りませぬ若様。藩の御許しを得て武者修業の旅に出ました大塚忠明たち三名には、藩から旅に困らぬだけの費用が折に触れて送金されている筈でございます。大塚忠明はなにゆえ刀栄寺を襲い、一振り千両以上もの値打ちがあるとされる名刀を奪ったのでしょうか」

「住職や寺男を斬殺してまで奪ったのだ。余程の目的があっての事だろう。大金を必要とする余程の目的がな」

「わたくし、嫌な予感がしてなりませぬ。今に、とんでもない事が起こりそうな気が致します」

「そなたは辰巳俊之助と久保澤平造を討つことだけに、気力を静かに集中させておればよい。大塚忠明が無残な死に方をし、その生活の場も判明したのだ。あとの二人には、まもなく辿り着けよう」

「はい」

「わが母が大層に気に入っているそなたの体に、辰巳や久保澤の切っ先を易々と触れさせはせぬ。安心しているがよい」

「若様……」

「普請の整う日を待っているぞ。また旨い酒と美味しい料理を楽しませておくれ」

政宗は、早苗の頬にそっと手を当てると、踵を返して秋晴れの下を歩き出した。

早苗に見えなくなったその端整な顔が、むっつりと険しくなっている。

遠ざかっていくその後ろ姿を、早苗は身動ぎもせずに見続けた。

表通りである四条通に出た政宗は、いくぶん足を早めた。いつもゆったりと歩く彼にしては珍しいことだった。

やわらかな日差しを浴びた濃い紺地の着流しは、長身の彼に美しく似合っていた。

彼は鴨川に架かった四条假橋を渡ると、高瀬川に沿った樵木町通（現、木屋町通）を流れに遡って歩いた。

高瀬川は、豊臣秀吉から朱印状を得てアンナン（ベトナム）、シャム（タイ王国）、ルソン（フィリピン）などに貿易船を派遣していた豪商、角倉了以（一五五四年〜一六一四年）によって京都〜伏見間に開発された人工の貨客輸送河川だった（現在の川幅は当時の約二分の一）。角倉邸（現、中京区、日本銀行京都オフィスあたり）のすぐ東側から鴨川の水を高瀬川へ引き入れている。

「よいやこらさあ」

「ほいほいほい」

「よいやこらさあ」

「ほいほいほい」

流れを遡る荷物満載の高瀬船を、幾人もの船引きたちが片岸から手綱で引っ張っていた。手綱はたいていの場合、船の中央あたりに立てられた小柱にくくり付けられている。

　そのまま引っ張ると船の横っ腹（舷側）が片岸へ寄っていきぶつかるので、熟練の船頭が長い竹竿を用いて岸辺を突ついていた。

「これは若様、お久し振りでございます」

　竹竿を突っ張っていた高瀬船の船頭が、手を緩めて政宗に声をかけた。船引きたちも政宗とは顔馴染みなのか、「お久しゅうございます」と笑顔を見せて腰を折る。

　高瀬船がたちまち、舳先を岸へ寄せていった。

「おいおい、ぶつかるぞ」と、政宗が苦笑しながら舳先を指差すと、船頭も船引きたちも慌てた。

「そのうち、また胡蝶で会おうぞ」

「へい」と、彼等が声を合わせて一斉に返した。「若様……」と声をかけたところを見ると、政宗の紅葉屋敷をおそらく知っている彼等なのであろう。そしてその屋敷と政宗から受ける印象から、京貴族の血筋ではと読めているのかも知れない。

政宗は〝三之船入〟の手前にある高脚橋を渡って、その直ぐ先を南北に走っている川原町通（現、河原町通）に入った。

〝船入〟とは高瀬川の京内九か所に造られている、荷の積降ろし港（浜地という）のことである。〝**一之船入**〟は開発者・角倉邸のすぐ南側にあって（中京区、日本銀行京都オフィス南側に唯一現存）、そこから下丸屋町の〝**二之船入**〟、恵比須町の〝**三之船入**〟、大黒町の〝**四之船入**〟と続き、最後の〝**九之船入**〟は四条假橋と五条大橋のちょうど中間あたり（現、下京区清水町松原橋あたり）に設けられていた。

これらの**船入の中で最大のもの**は、讃岐・丸亀藩京極邸の北側にある大黒町の〝**四之船入**〟だった。

政宗の足どりが、また早さを増した。

何処へ急いでいるというのであろうか。船引き職人たちに出会って一度は緩んだ表情が、険しさを取り戻している。

政宗は川原町通を急いだ。通りの左手は小さな町家が立ち並び、その背後には御土居が南北に伸びていた。そして御土居の向こう、つまり御土居を背にするかたちで、天性寺、本能寺、妙満寺、要法寺、妙伝寺などが広大な境内を連ねていた。これらの寺院の前が寺町通と呼ばれている。

川原町通の右手には、〝船入〟に接するかたちで対馬の宗氏、加賀の前田氏、萩の毛利氏、などの京屋敷と角倉邸などが広い敷地を得てどっしりと構えていたが、それでも寺町通の寺院の広さに比べれば二分の一程度だった。

どれほどか歩いて、政宗は禁裏付与力同心組屋敷に突き当たった。右に行けば権中納言従三位・万出小路頼家の屋敷である。左に行けば仙洞御所だ。どちらを選んでも、幾らも歩かぬ内に着く。

政宗の足は、迷う様子も見せずに左へ行くことを選んだ。この辺りから彼の歩調は、いつものゆったりとした感じに戻っていた。長身に懐手が似合っている。

「もし、そこの御人……」

仙洞御所の間近まで来た政宗は、後ろから呼び止められゆっくりと振り返った。

「私のことですか」

「どちらへ参られる。御名を聞かせて戴きたい」

ひと目で禁裏付同心と判る二人がいて、背の低い太った方がきつい目つきで訊ねた。もう一人は用心のためであろう、左手を左腰帯に当て、親指を大刀の鞘にさり気なく触れている。

「私はこれより仙洞御所へ参ります」

政宗は、さらりと答えた。

「な、なにっ」

二人の同心の顔が一気に険しくなった。政宗の身分素姓を知らぬ者のようであった。

政宗が少し困惑した表情を見せた。役人を相手としたこういう場合、身分素姓を明かさないことには、事が先へ進みにくい。だが彼は、自分の身分素姓を明かすことには、いつも消極的だった。

「仙洞御所に呼ばれているのです。なんなら私にお付き添い下され」

「お、お付き添い？……」

役人二人は、思わず顔を見合わせた。お付き添い、という言葉が余程、予想外のものであったのだろう。

このとき「その必要はございませぬよ政宗様」という声が生じた。

政宗と二人の役人は、声のした方へ目をやった。

供を従えた万出小路頼家が、仙洞御所と向き合う位置にある公家屋敷から姿を現わしたところであった。

「やあ、権中納言殿。お久しゅうございまする」

「政宗様はさすが、相変わらず気高く凛々(りり)しゅうあられまするなあ」

万出小路頼家はそう言い言い政宗の前までくると、丁重に腰を折った。政宗の〝血筋〟を知っていての腰の低さなのであろう。

役人二人は万出小路頼家の身分素姓を承知しているらしく、その万出小路が政宗に対し腰を低くしたものであるから、「失礼いたしました。無作法お許し下されませ」と一礼してそそくさと足早に立ち去った。

「つい先日のことでしたか、近衛邸に招かれたのでございますが、そこで思いがけず政宗様の母上様にお目にかかりましてな。あれこれと楽しく話が弾みました」

「左様でございましたか。そう言えば、歌の上手な方や懐かしい人たちが大勢お見えになっていて時の経つのを忘れた、とか申しておりました」

「母上様にはここ最近二度ばかり万出小路家の歌会に来て頂いておりまするが、いつお会いしてもお若くお美しくていらっしゃる。それに教養知性は光り輝くばかりで、まだまだ恋の三つや四つは咲かせてもおかしくはございませぬな。あ、これは母上様に申してはなりませぬぞ。はははははっ」

政宗は黙って苦笑を返した。

「ところで今から仙洞御所へ参られるとか」

「はい」

「その二本差しの着流し姿で参られまするのか」

「その積もりです」

「それは政宗様あまり感心いたしませぬぞ。やはり決められたる作法仕来たりは、尊重なされませ」

「私は野にいる人間です。服装も言葉も動きも、野にいる人間にふさわしく振舞いたいのです」

「とは申せ此度、正三位大納言・左近衛大将に御昇進との噂が流れておりまする。また、昇進を機に正式に朝廷の任務に就かれるとも……」

「確かに昇進の内示は御摂家筋より頂戴（ちょうだい）いたしましたが、承知、の返事は控えさせて戴いておりまする」

「これはまた……ま、しかし政宗様の御意思は、朝廷としても易々とは受けなさりますまい。それはともかく政宗様。わが妹桜子との縁談の件、母上様よりお聞きでございましょうな」

「聞いておりまする」

「私の口から自慢申し上げるのは何ですが、桜子はなかなかの才色兼備。一度会（お）うてやって下されませ。嵯峨野の我が別邸で二人だけで語らう、というのはいかがでございますか」

「私は仙洞御所へ急ぎ参る身。その話は改めて、ということにして下さりませぬか」

「あ、左様でしたな。では母上様を通じてでも結構でございますゆえ、なるべく早く御返事を」

「はい」

政宗は万出小路頼家から離れた。母千秋はすでに、万出小路家に縁談を断わってくれているものと思っていた政宗だった。

五

内裏（禁裏）の東南に接するかたちで在る後水尾法皇の仙洞御所は、着流し姿の松平政宗を予想していたかの如く静かに迎えた。御所内にとりたてて緊張が走る訳でもなく、仕え人の興味関心の視線が政宗に集まる訳でもなかった。

これは政宗にとって有難かった。

仙洞御所の仙洞とは、仙人の住処を意味している。天皇の地位を辞した（譲位した）上皇（出家すれば法皇）を神仙にたとえて、その御所を仙洞と名付けたのである。戦国時代の口火を切って京都を焼野原にした応仁・文明の乱（応仁元年・一四六七年～文明九年・一四七七年）の後しばらくは仙洞御所は存在しなかったが、豊臣秀吉（一五三七年？～一五九八年）が天下人となって彼が復活させた。

政宗は接見の間に通され、上座に向かって正座をし、半眼で待機した。実の父親に二十数年ぶりで会うというのに、そしてそれは初めての出会いに等しいほどであるというのに、彼の心中は冷静に澄んでいた。

身につけていた粟田口久国の大・小刀は、仙洞御所へ一歩入る手前から、警護の公家侍に「お預かりさせて戴きまする」と取り上げられている。

いま政宗の左隣には、何の役で誰であるか彼には知るよしもない老貴族が肩を並べて座っていた。なぜか政宗と初対面の挨拶さえ交わすことのない、非常に寡黙な人物だった。

右隣には少し離れて、法皇を至近で警護する役割を負っているのではないかと政宗が推測する、中年の公家侍が一人控えていた。これは小刀を腰に帯びている。その二人以外に仕え人の姿はこの部屋には無かった。

老貴族も警護の公家侍も正装束だけに、政宗の着流しは〝異例〟以前に〝異様〟に見えた。

朝廷に仕える冠位五位以上の公家が国家的な儀式などの際に着用する正装束として「**礼服**(らいふく)」と称する**朝服**(ちょうふく)がある。これは**礼服冠**、**衣**(きぬ)、**牙笏**(げしゃく)、**袴**、**帯**、**褶**(ひらみ)、**襪**(しとうず)などから成っている。

普段の任務に着ていくものは「**束帯**(そくたい)」と呼ばれ、国家的な儀式ほどでない行事については、この「束帯」が用いられ、「昼の装束」とも称されていた。とは申せ、冠、袍、半臂、下襲、衵、単、表袴、大口袴、石帯、魚袋、襪、履、帖紙、笏、檜扇、平緒などから成る、なかなかに重々しく且つきらびやかなものだった。

いま政宗の左右に座す〝仕え人〟は、束帯を着ていた。

（これを着せられては、たまらぬなあ。が、さすがに貴位風格に充ちたる衣装だ……）

政宗は半眼で正面を見つめながら、そう思った。

「御成りでございまする」

老貴族が政宗に向かって囁き、平伏した。一糸乱れることなく、警護の公家侍が見事に老貴族の動きに合わせる。

政宗はひと呼吸ばかり遅れ、自分流にゆるゆると平伏した。これにより彼には上座が見えなくなった。

上座つまり御座の位置に後水尾法皇がお座りになられる気配が……と予想していた政宗が、このとき少しばかり慌てることが起こった。

後水尾法皇が政宗の前に、それも膝を付き合わせるかのような間近さで御腰を下ろされたのである。それは余りにも、宮廷の作法習慣を省いた大胆とも形容すべき法皇の接し方であった。いくら接見の相手が、血を分けた我が子であるとは言え。

案の定、政宗のそばにいた老貴族が顔を上げ、狼狽気味に何事かを言おうとしたが、法皇が「よい」と言葉短く彼を穏やかに制した。

老貴族は、再び平伏した。

後水尾法皇の手が、政宗の肩に軽く触れた。法皇は、天下人となった徳川家康によって武家権力の強さ容赦の無さ、というものを突き付けられた「最初の天皇」と言ってもよかった。法皇が天皇在位時代に、徳川家康が公家統制の手段として先ず発した**公家衆法度五カ条**（慶長十八年・一六一三年）が、それを如実に物語っている。

これには、公家家業に励むことや、朝廷勤務、行儀作法などが定められ、これに反した公家は「武家（幕府）により流罪などの沙汰をする」とあった。

公家たちの歯軋りが聞こえてくる内容である。この公家衆法度でいうところの「**公家家業**」とは、たとえば五摂家は**摂政・関白や三大臣になること**、そして白川家（花山源氏系）・吉田家（卜部氏系）は**神祇道**を、土御門家（安倍氏系）は**陰陽道**を、高辻家・東坊城家（以上、菅原氏系）・舟橋家（清原氏系）は**学問**を、飛鳥井家・難波家（以上、花山院系）は**蹴鞠**を、という具合に公家の専門家業についてまで、格式系列ごと雁字搦めに定めていた。

　後水尾法皇は政宗の肩に手を触れたまま、しばらく無言であった。

政宗は父の手を感じた。次第に温もりが伝わってくるようであった。冷静に、淡々として此の場までやってきた筈の彼であったのに、その目が次第に潤み出した。

「わが息子よ……」

　ようやくのこと法皇が口を開かれ、とたん政宗の目から、はらりと熱いものが零れ落ちた。

　彼は平伏していた上体を静かに起こし、すぐ目の前にある父の顔を見た。

すでに御年齢を召されている父の顔であった。

父子の視線が出会って、法皇は黙って頷き、まなざしを優しく細めた。

法皇の手は、政宗の肩からまだ離れてはいなかった。その手が肩を滑るようにして政宗の頬に触れたとき、今度は法皇の目から涙があふれた。

「立派な武士(もののふ)じゃ。凛々(りり)しい公卿じゃ。母の面影そのままじゃ。よくぞ育ってくれたのう」

「恐れ多いお言葉でございまする」

今のお言葉で、母の積年の苦労は報われた、と政宗は思った。

「固苦しい言葉遣いは忘れるがよい。野にある者の言葉でよい。父に対する子としての言葉で気楽に話すことじゃ」

「はい……」

政宗の目から、また涙がこぼれた。

「母は元気に致しておるか」

「病(やまい)気を知らぬ母でございまする。毎日元気に過ごしております る」

「すまなかった、と申し伝えておくれ。そなたの母には余りにも苦労をかけ過ぎてしまった」

「お伝え致しまする。母はきっと喜びましょう」

「この大納言からのう……」

そこで言葉を切った法皇の視線が、政宗の隣で平伏したままの老貴族にチラリと流れ、再び政宗に戻った。

「この大納言から……そなたが文武に秀でた人物であると聞いておる。武芸は何を極めているのじゃ。剣術か、槍術か、それとも弓術か？」

「ひと通りは打ち込みましてございまする。なれど、秀でた、という境地には未だ至っておりませぬ」

「うむうむ。まだ若いのじゃ。修練を積み重ねて天下一の強者（つわもの）になっておくれ。武家に劣らぬ侍になることじゃ」

武家に劣らぬ侍、という表現に、徳川幕府から強権を突きつけられ歯軋りしてきた後水尾法皇の気持が表れていた。

政宗の表情が、それまでの感情の揺れを鎮めて、不意に真顔となった。

「恐れ多いことでございまするが、厚かましき御願いを一つさせて戴きとう存じます」

「何なりと申しなさい。この父に対し遠慮は無用ぞ」

「ならば、お人払いを御願い申し上げます。是非とも法皇様と二人だけでお話をさせて戴きたいことがございまする」

老貴族と警護の公家侍が、ほとんど同時に顔を上げた。大納言の老貴族は驚きの表情であったが、警護の公家侍は「なにっ」という顔つきだった。

だが後水尾法皇は、「よしよし」と目を細めて承知をした。老貴族と警護の公家侍は小さな抵抗を見せたが、法皇の指示には敵(かな)わず、接見の間よりしぶしぶ退出していった。

法皇は政宗の前から離れ、上座に座った。政宗の表情の変わりようを、只事でない、と読んだのか法皇の表情も父親のそれではなくなっていた。

「で、二人だけで話したい事というのは、何じゃ」

「禁裏が、いいえ、朝廷そのものが大きな危険に直面することになるやも知れませぬ」

「なんと……それは一体どういうことじゃ」

「今の段階では詳しく申し上げる材料が揃(そろ)っておりませぬが、この松平政宗、間違いなく危機は迫りつつあると見ておりまする」

「朝廷が崩壊しかねない程のことか」

「はい」

「力で朝廷を崩壊させることが出来るのは、徳川幕府だけじゃ。しかし徳川幕府は朝廷公家の監理監督を強める一方で、巧みに敬う姿勢も見せてくれておる。その徳川幕府を本気で怒らせるには、朝廷公家の裏切り行為しかない筈じゃが」

「その裏切り行為……つまり謀叛でございまする」

「なにっ。その徴候があると申すのか」

「禁裏を心から想う集団が、禁裏のためを思うて、その徴候を実施に移さんとする段階にあると読んでおりまする」

「それは一大事ではないか」

「まことに」

「その集団を率る者は、何処の誰なのじゃ」

「まだ確証を摑んだ訳ではございませぬので、迂闊には申し上げられませぬ。また御所におかれましては、このことを必要以上にお知りになってはいけませぬ。知らぬ事、存ぜぬ事、でいることが何より大切かと」

「それが朝廷の無事につながると申すか」

「はい」

「では何故、そなたはその重大事を、この父に打ち明けたのじゃ。打ち明けておきながら、知らぬ存ぜぬを貫き通せとは、酷な求めぞ」

「仰せの通りながら、万事を承知していて知らぬ存ぜぬを貫く姿勢と、全く知らずに幕府より責任を突きつけられる場合とでは、覚悟の程が違って参りまする」

「そなたは、この父や御門に覚悟を求めておるのか」

「いいえ、私は御門に覚悟を求める積もりはございませぬ」

「何故じゃ」

「今の朝廷に於かれては、下居の御門（法皇のこと）こそ最高の権威者であると存じ上げております。つまり下居の御門による院政は、天下万民の知るところ」

「ふ……」

後水尾法皇の唇の端に、優しい笑みが浮かんで、しみじみとした眼差しが政宗に注がれた。

「万が一の場合はこの父に覚悟を求めるそなたの気持は、承知しておこうぞ。それほどのことを、この父に求める以上は、そなたにも真意があるのであろう。中してみよ」

「申し上げましたる重大な局面を切り抜ける手立て、何卒この政宗に全てお任せ下されますよう、御許しを頂戴いたしたく」

「そなたが朝廷を護り切る、と申すのか」

「朝廷だけではございませぬ。ひとたび騒乱とならば、京は応仁・文明の乱の如く再び焼け野原と化し、罪なき人々の屍が累々と大通り小通りに散乱いたしましょう。将軍四代家綱様まで安寧に継承したる現徳川家としても、大乱は決して望んでおりませぬ筈。それゆえ謀叛を起こさんとする集団の内側を、下居の御門の御許しを得た者が密かに打ち叩かねばなりませぬ」

「そなたに、それが出来るか」

「致しまする。必ず」

「ふむ……」

法皇は目を閉じた。が、それは長くは続かなかった。目を開け立ち上がって上座から下りると、もう一度政宗に接するようにして腰を下げた。

「体を大切にしておくれ。決して無理をしてはならぬ。この父を悲しませぬと誓ってくれるなら、そなたに全てを任せよう」

「有難くお受け致しました」

「母を大切にするのじゃ。母をこの世に一人残すような親不孝をしてはならぬぞ」

「お誓い致しまする」

法皇は頷いて政宗の肩をひと撫でると、接見の間からゆっくりと出て行った。

政宗は平伏して見送った。法皇に対してではなく、父に対して。

「お父上も、お体を大事になされませ」

呟いた政宗の目に、涙が滲んだ。会うてよかった、と思った。

老貴族が紙片を手に接見の間に入ってきた。先程までとは違って、にこやかだった。

彼は政宗と向き合うと、穏やかな調子で述べた。

「本日、政宗様に御名が下されましたゆえ、ここに略儀にてお伝え申し上げまする。慎んで御受けなされませ」

老貴族は自分の名を名乗ることもなく、手にしていた縦長二つ折りの紙片を開いた。

政宗は予想もしていなかった相手の言葉を、頭を低くし黙って聞くしかなかった。

老貴族が紙片を見ながら口を開いた。

「御名は、**嵯峨宮武将親王**。嵯峨宮……」

老貴族は、二度おごそかに繰り返した。親王とは、天皇の（つまり後水尾法皇の）男の子または孫の意である。

「おそれながら……」と政宗は切り出した。むろん辞する積もりであった。野にある者として、とうてい受けられぬ御名であった。

だが老貴族は僅かに片手を上げる仕草を見せて、政宗のその先の言葉を制した。

「慎んでお受けなされませ。形だけでもお受けなさるのです」

「しかし……」

「御父上様を悲しませるような御返事をなさってはなりませぬ。この御名を良しとするまでに、五日も六日も御書院にひとり閉じ込もり、お考えなされたのです」

「五日も六日も……」

「はい。だからと申して紅葉屋敷に……確かそのように親しき人々から呼ばれている政宗様の御屋敷御門に、その御名を表看板としてかかげよと申しているのではありませぬ。ただ喜んで有難くお受けなされませ。さすれば御父上様も満足なされ、お喜びなされることでござりましょう。野にあっては、松平政宗でお宜しいではありませぬか」

「野にあっての名を、お認め下さるのですか」

「認めるも認めぬも、御父上様はそこまで干渉なさるお考えはありませぬ」

「左様ですか。では嵯峨宮武将親王の御名を、頂戴いたしまする」

老貴族は手にしていた縦長の紙片を、頰笑んで政宗に差し出した。

そこに書かれている〝武将〟の文字が、政宗の胸に染み込んだ。

(強く清らかな武士となれ、という思いを込めて下されたのであろう)

そう思った政宗は、紙片に向かって頭を垂れてから、それを二つに折って懐に入れた。

「ところで政宗様」

「はい」

「そもそも松平政宗という名は、あなた様が野に下り育てられると決まった際、私が仮の名として名付けましたのです」

「なんですって」

はじめて聞く真実に、政宗は驚いた。相手は老いた穏やかな顔に、やわらかな笑みを浮かべ言葉を続けた。

「**私は太政官の正三位大納言、六条広之春（ろくじょうひろのしゅん）でございます。**あなた様が生まれてから短かき間、折りにふれて、父親代わりを務（つと）めさせて戴きました」

「こ、これは知らぬこととは申せ……」

太政官とは朝廷に於ける、最高位の統括官庁である。

政宗は少し滑り退がって平伏した。もう一人の父と政宗との対面の瞬間であった。

「でござりますから、御父上様に劣らぬほど、わが実の息子を見る思いでござりまする。ほんに立派に御成長なされました。この年寄り、何も申し上げることはありませぬ」

大納言・六条広之春は、束帯の袖口でそっと目尻を押さえた。

「今日は政宗様、まだまだお帰りにはなれませぬぞ。御父上様はじめ大臣・参議のかたがたと膳を共に致し、御酒を味わって戴きまする。お宜しいな」

「嬉しくお受け致しまする」

大納言・六条広之春が、ぽんと手を打ち「決まりじゃ」と破顔した。

だがこのとき、凄まじい修羅の場が、政宗に向け着々と整えられていたのである。


（下巻につづく）

この作品は2005年12月光文社より刊行されました。

徳間文庫

ぜえろく武士道覚書
斬(き)りて候(そうろう) 上

2020年11月15日 初刷

著者 門田泰明(かどたやすあき)
発行者 小宮英行
発行所 株式会社徳間書店
東京都品川区上大崎三―一―一 〒141―8202
目黒セントラルスクエア
電話 編集〇三(五四〇三)四三四九
販売〇四九(二九三)五五二一
振替 〇〇一四〇―〇―四四三九二
印刷 大日本印刷株式会社
製本 大日本印刷株式会社

ISBN978-4-19-894602-9 (乱丁、落丁本はお取りかえいたします)

徳間文庫の好評既刊

門田泰明
拵屋銀次郎半畳記
侠客 一

老舗呉服問屋「京野屋」の隠居・文左衛門が斬殺された！　下手人は一人。悲鳴をあげる間もない一瞬の出来事だった。しかも最愛の孫娘・里の見合いの日だったのだ。化粧や着付け等、里の「拵事」を調えた縁で銀次郎も探索に乗り出した。文左衛門はかつて勘定吟味役の密命を受けた隠密調査役を務めていたという。事件はやがて幕府、大奥をも揺るがす様相を見せ始めた！　怒濤の第一巻！